아메의 후에

*이제와 후에* 9

글쓰는기계 장편소설

초판 1쇄 찍은 날 | 2017년 10월 18일
초판 1쇄 펴낸 날 | 2017년 10월 25일

지은이 | 글쓰는기계
펴낸이 | 예경원

기획 | 위시북스
편집책임 | 이규재
편집 | 이즈플러스

펴낸곳 | 예원북스
등록번호 | 제396-2012-000132호
등록일자 | 2012. 7. 25
KFN | 제1-164호

주소 | 경기도 고양시 일산동구 호수로 646-24 위너스21 II 빌딩 206A호 (우)10401
전화 | 031-819-9431 팩스 | 031-817-9432
E-mail | yewonbooks@naver.com

ⓒ글쓰는기계, 2017

ISBN 979-11-6098-582-5 04810
      979-11-6098-087-5 (set)

WISHBOOKS MODERN FANTASY STORY

글쓰는기계 장편소설

9

이계의 후예

Wish
Books

# 아게의 후예

## CONTENTS

# 55장
## 새로운 탐험(1)

인간들이 신이 나서 돌아다니고 있다지만 그건 어디까지나 최근 일이었다. 오 년 전이라니.

"자세히 말해봐."

"왜 우리가 엘프한테 우리 사정을 말해야 하지?"

"맞아. 우리가 떠돌이라고 만만하게 본다면……."

"저번의 그 인간 부를까? 아니면 그냥 얌전하게 말할래?"

루이릴의 협박에 오크들은 바로 굴복했다.

"어느 날 인간 몇 명이 갑자기 나타났다. 여기는 자기네들 영토니까 사라지라고 하더군."

"우리는 당연히 항의했지. 그렇지만 그 인간 놈들은 우리보다 강했어. 총을 들이대고 협박을 해대니 일단 우리는 물러났지. 우리 부족 전사들은 그때 다른 곳에 나가 있었거든. 돌아오기만 하면 총이든 뭐든 정령의 힘으로 박살을 내주겠다고 생각했지."

"얼마 지나지 않아서 부족 전사들이 돌아왔고, 그중에서 가장 뛰어난 전사가 앞장서서 그 인간 놈들을 찾아갔지. 꺼지지 않으면 공격하겠다고 말하려고."

"잠깐, 그 상황에서 대화를 시도했다고? 오크들이?"
"오크들도 인간 잘못 건드리면 골치 아파지는 건 알았나 봐."
"하긴, 그것도 그렇군. 이야기 계속해 봐."

"그런데…… 대화하러 갔던 전사가 돌아오고 나서는 새파랗게 질린 거야. 물어봐도 제대로 대답도 못 하고, 더 이상 저놈들을 상대하지 말고 떠나자는 말만 반복했어. 가장 강한 전사가 저러니 다른 전사들도 겁을 먹었고, 결국 떠날 수밖에 없었지. 그다음은 흔한 이야기고. 떠돌이 부족 처음 보나, 엘프?"

"처음 보는 건 아니야. 그리고 한 번만 더 건방지게 굴면 약속이고 뭐고 간에 네 면상을 날려 버릴 테니까 입조심해. 지금 너희들 먹여 주는 게 누구 돈인 줄 알아?!"

"내가 돈 쓰는데 왜 네가 화를 내?"

"같은 팀인데 그 정도도 못 내?!"

"그거야 그렇지만……."

루이릴이 생각 외로 강하게 나오자 수현은 움찔했다. 예전에는 약점을 제대로 잡혀 고양이 앞의 쥐처럼 고분고분했었는데, 최근 들어서 성격이 나오는 것 같았다.

"오크 부족에서 제일가는 초능력자면 그렇게 쉽게 겁에 질리지는 않았을 텐데. 그렇게 만만한 놈들도 아니고……. 뭐에 당한 거지?"

"겁에 질린 거면…… 환각?"

"인규 같은 능력자가 있나? 환각 계열 초능력자는 드문데."

아무리 강한 초능력이라고 해도 저렇게 겁에 질리는 건 다른 이야기였다.

"당사자한테 물어보면 빠른 이야기잖아? 물어는 봤어?"

"당연히 물어봤지. 그런데 그것만 물어보면 입을 다물고 고개를 저어. 어떻게 해도 대답을 안 해줄 것 같더라고."

"직접 가서 보는 게 낫겠군."

수현은 의자를 박차고 자리에서 일어섰다.

"대원들한테 모이라고 전해줘. 다시 한번 움직여 봐야지."

아네스 지역엔 눈에 띌 정도로 강력한 몬스터는 없었다. 그렇기에 호수와 가까운 지역에서는 자원들을 놓고 서로 치열하게 치고받았고, 어느 정도 안정화가 되고 나서는 어둠 속에서 치고받았다.

수현은 그때 현장에서 일한 사람이었다.

이후 탐사된 지역이 더 넓어지고, 초기 아네스 지역의 자원은 더 동쪽의 지역과 비교하면 보름달 앞의 반딧불이라는 게 밝혀졌다.

'디브라오 지역이 아네스 지역처럼 만만한 곳이라고 생각한다면 큰코다칠걸.'

처음에 인류는 아네스 지역에서 더 동쪽으로 가면 나오는 디브라오 지역을 보고 왜 이종족들이 둘을 구분해서 부르는지 의아해했다. 다르게 부를 정도로 겉모습에서 큰 차이가 있지는 않았던 것이다.

눈에 띌 정도로 강력한 몬스터는 없었지만, 그렇다고 쉬운 곳은 아니었다. 호수 주변의 아네스 지역을 보고 디브라오 지역이 편안한 지역이라고 생각했다면 그건 오판이었다.

이 지역의 진면목은 더 깊숙이 들어가야 맛볼 수 있었다.

강하지는 않지만 성가시게 괴롭히는 몬스터들, 몬스터에

가까운 자연 지형…….

자원을 보면 분명 탐나고, 난이도는 다른 곳에 비하면 나은 편이지만 명성 있는 초능력자들은 이곳에 들어가길 꺼려했다. 그만큼 사람 신경을 갉아댔던 것이다.

예전에야 위에서 까라고 하면 까야 했으니 디브라오 지역이든 지옥이든 안으로 들어갔지만, 이제 와서 들어갈 생각은 없었다. 다시 한바탕 고생할 생각을 하니 까마득했다.

'생각해 보니 이중영은 좋아서 들어가겠군. 견제 좀 해야하려나.'

어차피 오크 부족이 쫓겨난 곳은 아네스 지역 안이었고, 조금 멀긴 했지만 디브라오 지역과는 상관이 없었다.

"그런데 오크 부족은 왜 쫓아낸 걸까요?"

"글쎄다."

"보통 살고 있던 이종족을 쫓아내는 건 이권 때문이잖습니까."

그 주변을 개발해야 하는 데 가장 방해되는 건 거기 사는 이종족이었다. 그리고 아네스 지역은 건너가는 문제 때문에 한동안은 아무도 가지 않은 곳이었다.

"개발 자체가 불가능한 상황인데 왜 쫓아낸 건지 모르겠습니다."

"이유야 우리가 생각지도 못하는 게 많겠지. 카메론에서 불가능은 없다고. 우리가 모르는 사이에 어떤 놈들이 뒤로 손을 잡고 개발했을 수도 있고…….”

“장비는 어떻게 옮기구요?”

“우회했을 수도 있잖아. 그보다, 나한테 그만 물어봐. 그냥 그놈들 붙잡으면 다 나올 이야기인데 무슨…….”

“바로 공격 들어갑니까?”

“뭐 하나 보고. 별다른 건 없는데 환각 비슷한 걸 쓸 수도 있다는 게 조금 걸리는군. 괜히 다 데리고 가는 것보단 먼저 가서 보고 오는 게 나을지도 모르겠어.”

“제가 같이…….”

“아니, 내가…….”

곽현태는 손을 드는 대원들을 보고 황당하다는 표정을 지었다.

아무리 봐도 사서 고생하는 일인데 뭐하러 자원을 하는 거지?

“일단 넌 나와 같이 간다.”

“예?! 저 말입니까?!”

“네 능력이 쓸 만할 거 같아서.”

투명화. 곽현태는 지금 바로 쓰지 못한 걸 후회했다.

“그러면 가서 뭘 하고 있나 보자고.”

"그냥 평범한 마을 같은데요?"

"나도 보고 있어. 확실히……."

평범한 마을이었다. 곳곳에 시설이 보이고 돌아다니는 사람들을 봤을 때, 아무런 정보 없이 봤다면 조금 원시적인 기지라고 생각했을 것이다.

"오크들이 우리를 속인 건 아니겠죠?"

"미치지 않고서야 그러지는 않았을 것 같은데."

"어, 드워프 있네요."

"잠깐, 누가 온다."

"예? 누가 있다고요?"

곽현태는 이해가 가지 않아 주변을 두리번거렸다. 그는 경험이 없는 사람이 아니었다. 완벽하게 엄폐를 하고서 관측을 하고 있었고 주변에는 보이는 사람도 없었다.

"언덕 밑의 사각으로 오고 있어. 네 위치에서는 안 보일 거다."

"……그런데 팀장님께서는 어떻게 보시는 겁니까?"

"그게 나와 네 차이지. 잠깐, 저건…… 러시아인이군."

"미국인은 없습니까?"

"놀랍게도 미국인도 있다."

"?!"

곽현태는 농담으로 던진 말에 수현이 대답하자 깜짝 놀랐다.

"진짜요?"

"그리고 둘이 분위기가 험악하군."

게다가 한 가지가 더. 두 집단에 모두 수현이 아는 얼굴이 있었다.

"이반?"

"김수현? 아니, 어떻게 여기에? 어쨌든 반갑군! 그동안 잘 지냈나?!"

예전 구출 작전 때문에 마주친 러시아의 초능력자가 부하들과 같이 밑에서 으르렁거리고 있었다.

그리고 그 상대는…….

"잠깐, 친한 거로 따지면 우리가 더 친하거든? 갑자기 왜 친한 척이야?"

블루베어 2팀이었다.

"친한 척이라니. 미국 놈들은 인사도 친한 척으로 보이나? 그쪽들은 인사도 안 하고 사나 보지? 아니, 인사를 하는 사람한테 왜 친한 척하냐고 시비를 걸지도 모르겠군."

"이 상황에서 친한 척하는 게 속 보인다는 거지! 궁금한데, 그동안 연락이나 한번 했어?"

"으......."

두 리더가 서로 수현과 친하다고 우기는 상황은 매우...... 당황스러웠다. 물론 수현의 일만 아니었다면 웃겼을 것도 같았지만.

"이 사람들 누굽니까? 약간 좀 이상한 사람들 같은데."

수현이 뭐라고 하기 전에 루이릴이 먼저 곽현태의 등을 찔렀다. 입을 다물라는 뜻이었다.

"이반, 반갑군. 잘 지냈나?"

"물론 잘 지냈지! 드미트리를 구해준 것 때문에 각하께서 매우 기뻐하셨다네. 자네를 한번 만나보고 싶어 하셨는데, 한국 쪽에서는 그다지 마음에 들어 하지 않더군."

그 임무 끝에 중국 쪽에 납치를 당할 뻔했는데 한국 쪽이 수현을 만나보고 오라고 보내줄 리 없었다.

물론 대놓고 납치를 할 리는 없겠지만, 세상일은 모르는 법 아닌가.

"나 같아도 그런 곳에는 가고 싶지 않을 것 같은데."

"입조심하는 게 좋을 거다. 이 건방진 미국......."

"안 하면 어떻게 할 건데? 덤비기라도 하려고?"

끼어든 지 얼마나 됐다고 다시 치고받는 둘을 보며 수현은 한숨을 내쉬었다.

"내가 상황 파악 좀 하게 말 좀 끊지 마라."

"크흠……."

"일단 둘 다 여기서 만난 게 신기한데, 여기서 뭐 하고 있었지?"

"이 주변을 돌아다닐 이유가 뭐겠어? 탐사지. 재미있는 제보를 받았거든. 이 주변에 인간이 세운 마을이 있다며?"

제니퍼의 말에 이반은 못마땅하다는 듯이 고개를 끄덕였다. 보아하니 그도 비슷한 제보를 받은 것 같았다.

"이 주변에 마을을 세운 사람이면 뭔가 알고 있는 게 있겠지. 게다가 이런 곳에서 지내고 있는 게 신기하기도 하고. 어떻게 들어온 거야?"

많고 많은 사람 중에서는 당연히 괴짜도 있었다. 카메론에도 마찬가지였다. 깊숙한 곳으로 들어가 마을을 세우고 혼자, 혹은 몇 명이 지내려는 사람들은 꾸준히 나왔다.

물론 그들 대부분은 몬스터의 습격이나 기타 이유로 흔적도 없이 사라지곤 했지만.

"이반도 비슷한 이유 때문인가?"

"그것도 있고…… 만약 주변 자원을 먼저 발견했으면 골치 아파지니 접촉하려 했다."

자원은 일단 먼저 발견한 사람한테 권한이 있었다. 그리고 이런 곳에서 사는 사람이라면 딱히 돈에 욕심이 없을 거라는 게 이반의 계산이었다.

돈에 욕심이 없다면 거래는 쉬웠다. 빠르게 포기시키고 몇 가지 선물을 준 다음 권리 포기서에 쉽게 사인받고 넘어가면 끝이었다.

이반은 돌려서 말했지만, 수현은 바로 알아들었다. 이런 식의 일 처리를 누구보다 잘 아는 게 수현이었다.

"사인받으러 왔다 이거지?"

이반의 얼굴이 붉어졌다. 속마음을 들킨 것이다. 그는 고개를 끄덕였다.

"근데 왜 여기서 이러고 있나? 안 들어가고?"

"그게⋯⋯."

"⋯⋯좀 문제가 생겼다."

❦

"꺼지라고 했다고? 둘이 그런 걸 신경 쓰는 줄은 몰랐는데."

둘의 성격을 봤을 때 처음 보는 사람이 그런 소리를 했다가는 바로 주먹부터 나갔을 것이다.

"당연히 신경 쓰지는 않지. 하지만 그 말을 한 사람이 뒤에 엄청나게 거대한 몬스터를 데리고 있을 때는 아니거든?"

"엄청나게 거대한 몬스터를 데리고 있다고?"

"그건…… 어스 드래곤이었어. 분명해."

"헛소리하지 마. 물론 어스 드래곤이랑 비슷하게 생기기는 했지만, 어스 드래곤은 그렇게 크지도 않고, 무엇보다 땅속에서 돌아다닌다고."

"그러면 그게 무슨 몬스터인데?"

"어…… 돌연변이?"

수현은 손을 한 번 휘둘러서 둘의 대화를 끊었다.

"그러니까 그 마을 사람이, 뒤에 어스 드래곤인지 뭔지 확신할 수 없는 거대한 몬스터를 데리고서, 너희들한테 꺼지라고 했다는 건가?"

"그렇지."

"그거에 가까워."

"한 명만 그런 소리를 했다면 약을 했다고 생각했겠는데, 두 명이 그런 소리를 하니 좀 설득력이 생기는군. 좋아, 한번 보자고. 얼마나 거대한지……."

"잠깐!"

"……?"

"들어가기 전에 누가 먼저 대화해야 할지 정해야 하지 않겠나?"

"당연히 우리지. 우리와 수현의 관계를 모른다면 돌아가서 찾아봐. 기사가 몇 개는 있을 테니까. 아주 오래된 인연이라고. 그렇지, 스콧?"

스콧은 부끄럽다는 표정으로 고개를 끄덕이고는 시선을 돌렸다. 그로서는 누가 수현과 더 친한지로 다투는 게 부끄러웠던 것이다.

"하! 우리도 만만치 않다. 무엇보다 김수현은 우리 쪽 요인을 구출하려고 그 먼 길을 달려서 왔단 말이지. 이것보다 더 친근하단 증거가 있나?"

"구출하러 온 건 우리도 마찬가지거든? 게다가 그쪽은 보상 약속받고 들어간 거잖아! 그게 거래지 친근한 거냐? 내가 제약 회사한테 선금받고 약초 구해다 주면 내가 제약 회사 사장이랑 약혼이라도 한 게 되겠네!"

"내가 간단하게 정해주지."

더 이상 말다툼을 듣기 싫어진 수현은 손사래를 치며 대화에 끼어들었다. 둘은 기대에 찬 눈빛으로 그를 쳐다보았다.

"나는 내 할 일만 하고 사라질 테니, 나머지는 둘이 알아서 해결해. 내가 안 보이는 곳에서."

"……그게 뭐야!"

"으, 으음……."

이반이 살짝 망설이는 사이 제니퍼가 수현의 팔을 잡아끌고 다른 곳으로 이동했다.

"잠깐, 잠깐. 우리 안 도와줄 거야?"

"뭐 나한테 맡겨놨냐?"

"그건 아니지만! 저런 러시아 놈보다는 훨씬 친한 사이잖아! 블루베어, 회장, 나……."

"그렇긴 하지."

제니퍼의 표정이 환해졌다.

"그렇지만 둘 싸움에 끼어들 생각은 없거든? 내가 끼어들 일이었다면 회장과 미리 이야기를 하고 확답을 받았겠지."

제니퍼의 표정이 다시 어두워졌다.

"싸움이라니. 그냥 살짝 편만 들어주면 되는 거잖아!"

"이런 문제에서는 언제나 '살짝'이 문제가 되지. 제니퍼 양, 싸우고 싶다면 스스로 싸우라고."

"너 나중에 안 도와줄 거야!"

"내가 이제까지 너한테 도움을 받았던 적이…… 음……."

"앞으로 있을 수도 있잖아!"

"그 소리, 여기 오기 전에도 들었던 것 같다. 그런 날이 오면 후회하도록 하지."

"무슨 이야기를 그렇게 길게 하나? 설마 뒤로 거래라도 시도한 게 아니겠지?"

이반이 둘이 대화하는 걸 보고 천천히 다가왔다. 그의 표정에는 가벼운 초조함이 엿보였다.

"뭐? 그쪽은 설마 수현이 뒷거래라도 한다는 건가?!"

"아, 아니…… 그런 게 아니다! 김수현! 저 여자가 음해하는 거다!"

이반은 다급하게 외쳤다. 그는 제니퍼가 듣지 못하도록 그녀를 힐끗 쳐다보며 수현에게 작은 목소리로 말했다.

"저 여자가 무슨 제안을 했더라도 우리는 더 좋은 제안을 할 수 있다. 그러니까……."

"넘어가지 말라 이건가?"

"……비슷하다! 그나저나 우리가 넘겨줬던 건 잘 쓰고 있나?"

수현은 순간 놀랐다. 그가 빼돌린 분쇄기를 들킨 줄 알았던 것이다.

그의 분쇄기는 지금 연구소에 있었다. 서강석의 딸, 서예나에게 맡겨서 다른 형태로 만들 생각이었다. 아티팩트를 마음대로 만들 수 있는 인재가 생겼는데 그걸 묵혀둘 생각은 없었다.

'아, 알타라늄 말하는 거였군.'

괜히 찔린 셈이 됐다. 수현은 웃으면서 대답했다.

"물론 잘 쓰고 있지."

"다행이군. 어쨌든 내가 말한 건 잊지 말고…… 저 여자 제안에 쉽게 넘어가지 말라고! 우리가 그만한 제안을 못 하는 건 아니니까!"

이반은 일단 수현이 방해만 안 하면 다행이라고 생각하는 것 같았다. 그가 봐도 수현이 블루베어의 손을 들어줄 가능성이 더 높다고 생각됐던 것이다.

"잠깐, 가기 전에. 놈이 데리고 있던 몬스터에 대해 좀 더 말해봐. 어스 드래곤이라고 했나?"

"어스 드래곤처럼 생기기는 했는데, 어스 드래곤인지 확신은 못 하겠는데…… 어스 드래곤이 그렇게 큰 건 본 적이 없거든."

"돌연변이야 언제나 나오는 법이지. 그리고 어스 드래곤은 갑자기 나타나서 까다로운 놈이지, 정면에서 덤볐을 때는 그렇게 위협적인 상대가 아니잖아?"

초능력에 대한 저항력이 강력한 것도 아니고, 땅속에서 돌아다니는 걸 제외한다면 특수 능력이 있는 것도 아니었다.

덩치와 기습만 뺀다면 여기 있는 전력이 충분히 상대할 수 있는 전력이었다.

"그게…… 진짜 직접 봐야 알 거 같군. 나도 물론 어스 드래곤 같은 걸 상대하면서 겁을 먹을 거라고는 생각지도 않았지. 그런데 진짜, 놈의 크기가……."

"???"

이쯤 되니 수현도 슬슬 걱정되기 시작했다. 여기 있는 초능력자들이 경험 없는 무능력자도 아니고, 경험 많고 노련한 이들인데…….

"또 인간이야?"

"…….''

수현이 다가가자 그를 발견한 마을의 드워프가 한숨을 쉬며 말했다.

"경고했을 텐데, 들어오지 말라고. 머리가 없는 거냐, 귀가 없는 거냐?"

"계속해 봐, 드워프. 재밌네."

최근에 수현에게 이렇게 협박을 한 놈은 없었다. 오랜만에 느끼는 신선한 기분을 즐기며 수현은 계속 말해보라고 재촉했다.

드워프는 위험 신호를 깨닫지 못하고 입을 놀렸다.

"아무래도 한 놈은 제대로 본을 보여야겠어. 폐하를 부르겠다."

"폐…… 하?"

수현이 어이없어하기도 전에 드워프는 마을 안쪽으로 달

려가서 사라져 버렸다. 잡으려면 충분히 잡을 수도 있었지만, 수현은 그러지 않았다. 무슨 짓을 하나 보고 싶었던 것이다.

쿠르르릉!

어디선가 시끄러운 소리가 들렸다. 묵직하게 장애물을 부수고 움직이는 소리였다. 수현은 이 소리가 어스 드래곤의 소리라는 걸 깨달았다.

'내가 알고 있는 소리와 너무 다른데? 크기가······.'

콰직!

그리고 수현 앞에 거대한 기둥이 솟구쳤다. 수현은 그도 모르게 입을 벌렸다.

눈앞의 기둥은, 정말로······ 거대했던 것이다.

사전에 말을 듣지 않았다면 어스 드래곤이라고 생각하지도 못했을 것 같았다.

마을 가운데 길을 통째로 막을 정도로 거대하다니.

"어떤 놈이 또 내 영토에 와서 행패냐!"

머리를 깎은 지 십 년은 넘은 것 같은 노인이 지팡이를 들고 달려왔다. 수현은 그의 주변에서 뿜어져 나오는 기운을 볼 수 있었다.

'초능력자인가?'

"내가 그렇게 말했는데도 계속해서 기어들어 오다니. 아무래도 내가 너무 친절하게 대해준 모양이구나! 내가 너를 잡아서 다른 놈들에게 교훈을……."

수현에게 지팡이를 겨누고 목에 핏줄을 세워가며 떠들던 노인은 갑자기 숨이 막혀오자 비틀거렸다.

그의 이상을 깨달았는지 어스 드래곤이 갑자기 그 거대한 덩치를 수현에게 찍어 내렸다.

"이건 좀……."

수현은 막을까 피할까 고민했다. 피하는 건 어렵지 않았다. 굳이 시간 가속을 사용하지 않아도 움직임이 단순해서 피하기 쉬웠다.

그러나 저렇게 거대한 덩치를 막아내는 건 수현도 좀 꺼림칙했다. 아무리 능력이 강해졌다지만…….

결국 호승심이 앞섰다. 막아내지 못할 경우 바로 피하면 되는 것이다.

수현은 염동력을 겹쳐서 방벽을 만들어냈다.


콰콰콰콰쾅!

허공에서 거대한 어스 드래곤의 몸체가 뒤틀리는 건 기묘한 광경이었다. 워낙 거세게 박았기에 뒤에 따라오는 충격도 만만치 않았다.

어스 드래곤은 정신을 차리지 못하고 비틀거렸다. 뇌에 충격이 간 것 같았다.

수현은 묵직하게 올라오는 손맛을 느끼며 혀를 내둘렀다. 저렇게 큰 어스 드래곤은 본 적이 없었다.

대체 뭘 어떻게 했기에 저런 돌연변이가 나왔단 말인가?

수현은 가볍게 도약했다. 저 뒤에서 수현에게 목이 졸려 허우적거리는 노인이 보였다. 비틀거리는 그를 잡는 건 쉬운 일이었다.

"컥!"

"이봐, 저 어스 드래곤을 진정시켜."

몬스터를 다루는 초능력은 매우 특이한 초능력이었다. 이 종족 중에서 몇 명 나왔다는 기록은 본 적 있지만…… 이 정도로 컨트롤하는 건 본 적이 없었다.

사육이나 훈련이 아닌 통제. 이건 초능력의 영역이었다.

"허튼수작할 생각하지 말고. 난 마음만 먹으면 1초 안에 네 목뼈를 부러뜨리고 여기를 빠져나갈 수 있다. 어스 드래곤 믿고 알량한 짓거리 할 생각하지 마. 너랑 귀찮게 놀 생각 없으니까."

"이, 이, 무례한 놈……."

"3초 주지. 3, 2, 1……."

"내려가! 내려가라!"

비틀거리던 어스 드래곤이 슬슬 몸을 구멍으로 뺐다.

수현은 노인의 목을 놓아주었다. 그는 콜록거리며 바닥에 엎어졌다.

"이, 이놈. 내가 반드시 네놈을 교수형에 처하고 말겠다……!"

"뭐라는 거야, 이 인간?"

루이릴이 이해가 가지 않는다는 듯이 물었다.

"나도 지금 좀 신기해하고 있다. 폐하? 뭔 폐하?"

"폐하!"

수현의 호기심을 풀어주기라도 하려는 것처럼 드워프와 인간 몇 명이 달려와 노인을 부축하려 들었다.

그중에는 초능력자도 있었다. 한 사람이 초능력을 쓰려는 게 보이자 수현은 선수를 쳤다.

"크헉!"

땅에 무겁게 짓눌린 인간은 신음을 냈다.

"몇 가지 경고를 하고 시작하자. 너희들은 오크 부족을 강제적으로 쫓아낸 혐의를 갖고 있는 범죄자 놈들이다. 그 말은 뭐냐면…… 내가 너희를 전부 죽여 버리고 정당방위였다고 우겨도 별 상관이 없다는 뜻이지. 그러니까 쓸데없이 날 자극하지 마라. 특히 방금 이놈처럼 초능력으로 기습을 하려는 짓이라든가…….”

“으흑!”

“그래, 이제 누가 설명 좀 해봐. 폐하는 무슨 소리지? 아무리 봐도 이 노인은 좀 맛이…….”

“무엄하다!”

“이런 무례한 놈! 감히 폐하한테!”

“…….”

<br>

몇 번의 채찍과 당근 끝에 수현은 이야기를 들을 수 있었다.

“어…… 왕국이라고?”

“그래, 사무엘 님이 세우신 왕국이다!”

그들의 항변을 들은 루이릴은 작게 속삭였다.

“아무래도 좀 아픈 사람들 같아.”

“나도 지금 그런 생각이 든다.”

“아픈 게 아니다! 이 카메론은 넓고 축복받은 땅이다! 아직 사람들이 가지 않은 곳이 넘쳐 나고, 가장 먼저 도착한 사람한테 우선권이 주어진다. 그렇다면 나라를 세워도 문제 되는 건 없지 않나!"

"지구에서도 소형 국가 세우는 사람들은 있었으니 그건 내가 알 바 아니고. 너희들이 문제 되는 건 여기에 나라랍시고 마을 하나 세우고 다가오는 놈들을 공격하니까 그런 거지. 게다가 오크 부족 쫓아낸 건 왜 빼나?"

"나라에는 국방력이……."

"그러면 지금 상황은 전쟁에서 진 거냐? 어디서 이런 미친 놈들이 나와가지고……."

드워프와 인간들로 이루어진 무리는 진심으로 나라를 세웠다고 믿고 있는 것 같았다. 그들은 빽빽거리며 수현을 성토했다.

"으윽……."

"사무엘 님! 정신이 드십니까!"

"당장 저 무례한 놈을 처형해 버리십시오!"

"뭐 어떻게 하시려고?"

정신을 차린 사무엘은 주변을 두리번거렸다. 7의 부하들은 다 쓰러져 있었고, 아까 마주친 초능력자는 그를 정확하게 겨누고 있었다. 몬스터를 불러봤자 그보다 빠를 것 같지는 않았다.

"이봐, 사무엘……."

"폐하다! 폐하!"

"아, 좀 닥쳐."

"크허억!!"

"그래, 사무엘 폐하. 지금 선택지가 두 개 있어. 여기서 왜 이런 일을 했는지 나한테 말하고 잡아가지 말아달라고 설득하는 것하고, 아니면 그냥 양팔에 수갑 차고 끌려가는 거지. 너희들이 구석에서 왕국놀이를 했으면 나도 신경을 안 쓰는데, 이미 이곳저곳에 민폐를 끼친 이상 그냥 넘어갈 수는 없다."

"왕…… 왕국을 세우는 게 불법은 아닐 텐데."

"나도 법에 빠삭한 편은 아니라서 모르겠군. 그건 연합에 물어보도록 하지. 그리고 내가 말한 건 오크 부족을 쫓아낸 거야. 그건 확실히 불법이거든."

"그깟 오크 놈들 한둘 쫓아낸다고 무슨 문제가 생기는 것도 아니잖나!"

"그래, 그 소리 법정 가서 판사님한테 해봐. 자, 이야기 끝났으면 모두……."

"잠깐, 잠깐! 제대로 말하겠다!"

사무엘은 원래 미국 쪽에서 일하던 용병이었다. 그렇지만 잘나가는 용병은 아니었고, 하루 일하고 하루 버는 그런 어디에서나 찾을 수 있는 용병이었다.

그런 그의 일생에서 행운이 찾아왔다. 초능력자로 각성한 것이다. 그는 뛸 듯이 기뻐했지만, 그의 행운이 사실 별것 아니라는 걸 깨닫기까지는 얼마 걸리지 않았다.

몬스터를 제압해서 다룰 수 있다지만 그건 한 번에 하나만 가능했고, 가능한 몬스터도 얼마 없었다. 게다가 덤비는 몬스터를 상대로는 바로 제압도 할 수 없었으니 더욱더 가치는 떨어졌다.

결국 그는 인정해야 했다. 그의 초능력으로는 아무런 가치가 없다는 것을. 하다못해 제압되는 몬스터라도 좀 다양하게 가능했으면 어디에서라도 쓸모가 있었을 텐데.

비웃음 사이에서 그는 용병 회사를 떠났다. 그리고 목숨을 걸고 돌아다녔다. 쓸 만한 몬스터를 찾아서. 정확히는 그와 파장이 맞아서 제압이 되는 몬스터를 찾아서.

자고 있는 돌연변이 어스 드래곤을 발견한 건 행운이었다. 놈을 제압한 사무엘은 초능력자가 되었을 때만큼이나 기뻐했다.

그러나 용병 회사에서 질릴 대로 질린 그는 더 이상 인간 사회로 돌아가고 싶지 않았다.

그는 알고 있는 용병 몇 명과 여행 도중 만난 드워프 부족을 데리고 마을을 만들었다. 거대한 어스 드래곤을 부리는 건 이종족들을 상대하는 데 있어서 커다란 장점이었다.

이야기를 듣던 사무엘의 부하들은 눈물을 글썽였다. 그러나 수현은 심드렁한 표정으로 물었다.

"그래서 그게 오크 부족을 쫓아낸 것과 무슨 상관이지?"

"이, 이 피도 눈물도 없는 놈……!"

"난 분명히 말했을 텐데. 내가 너희들을 잡아가지 않게 설득해 보라고. 사연팔이를 하란 소리가 아니었어. 못 하면 어쩔 수 없지. 전원 일어서라. 감옥이나 가자고."

# 56장
## 새로운 탐험(2)

"잠깐, 하나 더 있다!"

"……?"

수현은 사무엘을 내려다보았다. 아무리 봐도 여기서 가짜 왕 행세를 하고 다니는 놈이 뭔가를 갖고 있을 것 같지는 않았다.

"이건 정말 귀중한 정보다. 이걸 알려준다면……."

"5초 안에 말 안 히면 협상이고 뭐고 없다. 지금 네 처지가 어떤 처지인지 잘 생각하고 말해. 현실감각이 아직도 안 돌아왔나?"

"……여기서 더 동쪽으로 가면 이종족들이 디브라오라고 부르는 곳이 나온다."

"설마 그게 다는 아니겠지……?"

"끝까지 들어봐라! 대부분의 사람이 모르는 정보니까. 이 디브라오 깊숙한 곳에는 지하왕국이 있다!"

"다크 엘프들하고 드워프가 있는 지하왕국이겠지. 나도 알아."

"?!?!?!?!"

디브라오 지하에 있는 왕국은(실질적으로 도시 국가 수준이었지만) 예외적으로 늦게 발견되었다. 지하 깊숙이 있는 데다가 디브라오 지역 주변은 비교적 개척이 늦게 되었기 때문이었다. 우연한 사건이 아니었다면 애초에 발견도 되지 않았을 것이었다.

그곳엔 한 가지 문제점이 있었는데…… 그 국가는 외부인의 접촉을 매우 싫어했다.

인류가 막 나가는 시기는 이미 예전에 끝나 있었고, 이종족들이 선점하고 있는 지역은 결코 힘으로 밀고 들어갈 수 없었다.

국가 하나만 게이트를 건너왔다면 체면도 신경 쓰지 않고 몰래 저질렀겠지만, 게이트를 이용하고 있는 국가는 서로가 서로를 견제하는 강대국이었다. 하나가 사고를 치면 다른 국가들이 연합해서 비난을 쏟아낼 게 분명했다.

"그걸 어떻게……?!"

"지하에 왕국이 있어?!"

루이릴도 이건 몰랐는지 놀라서 수현을 쳐다보았다. 이종족이라고 해도 이 주변의 모든 걸 아는 건 아니었다. 그들이 알 수 없는 것에 대해서는 오히려 인간보다 무지했다. 정보 공유가 느린 것이다.

"카젤름 하나 던져 놓고서 뭔가 거래를 하려고 했다면…… 정말 실망이군. 미국에서 용병 생활 좀 했다고 해서 거래가 뭔지 기억은 하고 있겠지 싶었는데 말이야. 여기서 왕으로 노는 동안 현실감각이 완전히 사라졌나?"

"젠장…… 거기로 들어갈 수 있는 건 아무한테나 주어지는 자격이 아니란 말이다……!"

"그래그래, 그 소리는 판사님한테…… 뭐? 들어갈 수 있다고?"

수현은 그들을 붙잡으려다가 사무엘의 한 말이 뭔가 이상해서 멈췄다.

"널 들여보내 줘? 그놈들이?"

"그렇다."

"넌 인간이잖아. 거기 놈들은 다크 엘프나 드워프여도 다른 지역 출신은 들여보내지도 않는 놈들인데?"

사무엘의 표정에 교활함이 감돌았다. 그가 살아날 방법을 찾았다는 걸 느낀 것이다.

수현은 냉정하게 그의 무릎을 밟았다.

"크악!"

"한 번만 더 잔머리 굴리는 것 같으면 그냥 집어넣고 끝낸다. 진심을 다해서 진실만 말해."

"그게…….."

ㅤ

돌아다니면서 만난 드워프 부족과 원래 데리고 나온 인간들을 합쳐서 사무엘은 나름 소소하게 그의 왕국을 유지하고 있었다. 인류의 도시에 비하면 정말 보잘것없었지만 그래도 왕이었으니까.

주변의 위험이 신경 쓰였지만, 자리를 잡은 게 아네스 지역이라는 점과 강력한 어스 드래곤을 부리고 있다는 게 행운이었다. 대부분의 그가 몬스터는 나서기도 전에 처리되었다.

그런 도중에 정찰대를 만났다. 그들은 드워프와 같이 다니면서 그들을 도와준 사무엘에 대해 감사를 표했다. 몇 번의 대화와 이야기 끝에 사무엘은 그들의 도시로 초대를 받을 수 있었다.

그 이야기를 들으며 수현은 속으로 놀라고 있었다.

이 사기꾼 같은 늙은이가 그런 대접을 받다니.

저게 간단해 보여도 아무나 초대하는 게 아니었다.

"그런데 그런 허락을 받은 것치고 마을이 너무 멀리 있는 거 아닌가?"

"마을이 아니라 왕국⋯⋯."

"닥치고. 왜 이렇게 멀지?"

"내가 거기의 허락을 받았다고 해서 왜 내 왕국을 옮겨야 하지? 그놈들이 아쉬우면 가까이 와야지!"

"⋯⋯."

수현은 뜨뜻미지근한 시선으로 사무엘을 쳐다보았다. 아무리 생각해도 이런 인간이 초대를 받았다는 게 믿기지 않았다.

"거기는 몇 번 가 봤나?"

"한 번."

"한 번? 더 안 갔나?"

사무엘은 대답 대신 고개를 돌렸다. 그걸 보던 드워프 하나가 작은 목소리로 말했다.

"거기시는 시무엘 폐하를 제대로 인정 안 해주셔서⋯⋯."

"뭐?"

"그냥 일개 손님 취급하더라고요."

"아⋯⋯."

수현은 어떻게 된 건지 이해가 갔다. 손님 자격을 부여받고 부푼 마음으로 내려갔는데, 정작 거기서는 정말로 손님 대접을 한 것이다. 스스로를 여기 왕이라고 여기는 사무엘에 게는 견디기 힘든 대접이었을 것이다.

"그래서 한 번 가고 더 이상 안 갔다고? 뭐든 간에 상관없 지. 좋아, 거래를 하자고. 그 왕국으로 가는 길을 안내해. 몇 명 정도 더 추가되어도 상관없겠지."

"뭐라고?"

"거기에 오크들을 돌려보내. 어차피 이 주변 공간을 보니 오크 부족 하나 더 들어와도 별 상관은 없잖아. 먹을 것도 충 분하고 수원도 한두 개가 아닌데."

"오크들은 안 된다!"

"맞아! 그 더럽고 지저분한 놈들은 쫓아내야 해!"

수현의 말이 끝나기도 전에 드워프들이 들고 일어섰다. 수 현은 대답 대신 총을 꺼내 장전했다. 철컥거리는 소리가 들 리자마자 드워프들은 바로 입을 다물었다.

"오크들이 선공을 했나?"

"아니…… 그런 건 아니지만……."

"같이 싸우지 말고 지내. 저승으로 가기 싫으면."

"……네……."

"이 과대망상증 인간 놈이 낀 이상, 같이 법정으로 끌고 갈 수 있는 걸 덮어주겠다는 거니까, 오크들 보면 감사한

마음으로 시비 걸지 마라. 걔들이 조금만 더 머리가 돌아갔어도 바로 인간 찾아가서 분쟁으로 만들었을 거다. 그리고 너, 왕."

"예!"

"넌 나와 같이 간다."

"대화 끝났어?"

수현은 사무엘이 어떤 놈이었는지 제니퍼에게 설명해 주었다. 설명을 다 들은 제니퍼의 표정이 기묘하게 변했다. 옆에서 듣던 이반이 피식 비웃으면서 말했다.

"미국 출신 용병이라고? 그래, 그렇겠지."

제니퍼가 이를 가는 소리가 들렸다.

"오크 부족 원상복귀시키는 걸로 일 마무리 짓기로 했다."

"뭐?! 그걸로 끝?! 그렇게 양보할 필요가 없잖아?!"

"내가 지금 여기서 이 인간들 붙잡고 오래 있을 시간도 없고, 이 정도 일 가지고 분란을 키우는 것도 웃기니까. 주변 권리에 대한 건 알아서 물어봐. 난 신경 쓰지 않을 테니까."

"으음……."

이반은 수현의 말을 듣고 수긍하고 물러났지만, 제니퍼는 그러지 않았다. 그녀는 이반이 물러날 때까지 기다렸다가 수현에게 작은 목소리로 말했다.

"뭘 약속받은 거야?"

"무슨 소리를 하는지 잘 모르겠는데."

"거짓말하지 마! 네가 그냥 넘어가 줄 리 없잖아!"

제니퍼는 수현을 너무 잘 알고 있었다. 이런 면에서 철저한 수현이 아무것도 받지 않고 그들을 그냥 용서해 줄 리 없었다.

"좋은 거면 같이 나눠야지!"

"쉿, 조용히 해. 이반까지 듣겠다."

"무슨 거래를 한 건데?"

"입장권."

"……?"

"지하왕국에 대한 입장권이지."

수현은 그가 얻은 것에 대해 간단하게 말했다. 제니퍼는 눈빛을 빛내며 고개를 끄덕였다. 그녀도 카메론에서 구르고 구른 사람이었다. 저게 어느 정도의 권리인지 바로 짐작을 했다.

"나도 같이 들어가도 괜찮아?"

"인원을 많이 데리고 가는 걸 좋아하지는 않을걸. 나도 팀은 두고 들어갈 생각이었어."

허락받은 건 사무엘이었지 다른 이들이 아니었다. 그의 동료라고 해도 어느 정도 한계가 있을 것이다.

"들어가게 되면 나 하나만 들어갈게. 너희 쪽은?"

"나하고 다크 엘프 동료 하나. 나머지 엘프나 인간, 오크는 데리고 가서 좋은 꼴 못 볼 거 같으니까."

제니퍼는 수현이 그녀를 데리고 들어갈 것 같은 낌새를 느꼈다. 그렇다면 다음은 조건이었다.

"뭘 원해?"

"블루베어 쪽 인프라. 안에 들어가서 뭔가 얻어 나오면 무조건 나누자고."

"너희 쪽도 라인 있지 않아?"

"그거 동원하면 블루베어보다 많이 나눠야 하니까. 안에서 뭐가 나올지는 모르지만 일단 구두로 계약하자고."

"그 정도라면야 뭐……."

아무도 들어가지 못하고 들어가기도 힘든 곳에 같이 들어가는 대신 저 정도라면 충분히 남는 거래였다. 제니퍼는 바로 고개를 끄덕였다.

"너희들은 돌아가서 오크 부족한테 말을 전해. 행동 가이 드라인 똑바로 전해주고. 여기서 분쟁 생기지 않도록 감시 좀 하고 있어줘. 어차피 주변에 몬스터도 없는 데다가 지원할 곳 많으니까 걱정은 하지 말고."

"걱정은 안 합니다만, 몇 명 더 데리고 가시는 게 낫지 않겠습니까? 지하로 들어가면 무슨 일이 생길 경우 많이 위험하잖습니까."

"됐어. 거기 사람들 성향을 봤을 때 많이 데리고 가면 괜히 역효과 날 가능성이 커. 딱 이 정도 인원에서 끊는 게 좋아."

수현은 냉정했다. 과거로 돌아오기 전에 지하왕국에 대해서 많이 겪어본 탓이었다.

그도 명령을 받고 지하왕국에 접촉하려고 했었다.

오랫동안 이어진, 역사가 있는 지하왕국. 게다가 아직까지 아무도 접촉에 성공하지 못했다니. 그 가치는 어마어마했다.

그러나 수현도 접촉에 성공하지는 못했다. 어떤 수작을 부려도 다크 엘프들과 드워프들은 냉정할 정도로 접촉을 거절했다.

그런데 저런 과대망상증 환자가 초대를 받았다고 하니 황당할 수밖에 없었다.

"난 준비 다 됐다!"

"그래, 가자고."

"크흠, 가기 전에 부탁이 몇 개 있는데."

사무엘은 헛기침을 하며 말했다.

"……?"

"그 사람들 앞에서는 날 폐하라고 불러주지 않겠……."

"법정 갈까?"

"아니다. 그냥 간다!"

제니퍼는 사무엘이 차량과 다른 방향으로 가자 의아해하며 고개를 갸웃거렸다.

"저거 왜 저기로 가? 차 안 타? 야! 너 왜 거기로……."

굉음과 함께 어스 드래곤이 튀어나왔다. 사무엘은 아무렇지도 않게 어스 드래곤 위에 올라탔다.

"뭐라고 했나?"

"지금 저걸 타고 가자고? 설마 그건 아니겠지?"

"아니, 괜찮은 거 같은데."

수현의 말에 제니퍼는 믿을 수 없다는 눈빛을 보냈다. 몬스터를 타고 움직이자니.

"지금 저걸 타자고?!"

"워낙 배타적인 놈들이니 괜히 차 끌고 갔다가 역효과가 날 수도 있어. 기껏 들어가려고 애쓰는 건데 차 때문에 문제 생기면 말도 안 되잖아. 최대한 조심해서 가자고."

제니퍼는 투덜거리며 어스 드래곤을 향해 걸어갔다.

"이렇게까지 굽혀야 할 이유가 있을까?"

"일단 들어가 보고 생각하자고. 나도 정말 궁금하거든."

어스 드래곤의 위는 그다지 기분 좋은 느낌이 아니었다. 수현도 어스 드래곤을 잡아만 봤지, 살아 있는 놈을 위에서 타고서 움직이게 될 줄은 몰랐다.

주인이 아닌 다른 사람이 올라타자 어스 드래곤은 낮게 으르렁거렸다.

"이거 제대로 통제되고 있는 거 맞지?"

샤이나가 불안한 목소리로 물었다. 몬스터를 부리는 기술을 알고 있는 그녀로서는 이런 식의 초능력으로 제압한 몬스터가 정말로 불안했던 것이다. 초능력이 사라지면 바로 날뛸 놈 아닌가.

"내 능력을 못 믿는 거냐! 내가 이놈과 같이 보낸 시간은……."

"그냥 안전한지 안전하지 않은지만 대답해. 쓸데없는 소리 하지 말고."

"……안전하다."

"좋아, 출발시켜."

수현의 말에 사무엘은 손을 흔들었다. 어스 드래곤은 어색한 동작으로 땅을 가르며 앞으로 나아가기 시작했다.

빠르게 지나가는 주변 풍경을 보며 수현은 아무 생각 없이 중얼거렸다.

"그러고 보니 어스 드래곤 고기가 참 맛있는데."

"……!"

"왜 속도를 줄여?"

"여기서부터는 이렇게 가야 한다."

사무엘은 수염을 잡아당기며 긴장한 표정으로 주변을 두리번거렸다. 별로 달라진 게 없어 보였기에 제니퍼는 의아해했다.

'제법이군. 하긴, 이 주변에서 꽤나 오래 살았다고 했으니…….'

사무엘이 저렇게 하는 이유는 주변의 위험 때문이었다. 아네스 지역에서 디브라오 지역으로 넘어왔다는 걸 경험으로 알고 있는 것이다. 언제 어디서 성가신 게 나올지 몰랐다.

"그래그래, 천천히 가자. 저번에 만들어 둔 길이 어디 있더라……."

사무엘은 신중하게 길을 찾고 있었다. 별거 없어 보이는 숲인데도 벌벌 떨자 제니퍼도 자세를 바로잡았다. 저렇게 나오는 이상 무언가가 있는 게 분명했다.

"그런데 너희 팀이 용케 너 혼자 간다는 걸 허락했다?"

수현은 의아하다는 듯이 물었다. 그녀는 단순한 팀장이 아니었다. 블루베어 사장의 딸이었고, 그녀가 실종되었을 때 그의 반응을 보면 이런 일을 팀원들이 허락한 게 신기했다. 스콧 같은 인물은 바로 말렸어야 했다.

그러자 제니퍼는 무슨 소리를 하냐는 듯이 수현을 쳐다보았다.

"너랑 같이 간다고 하니까 별소리 안 하던데?"

"……."

둘이 대화를 하는 동안에도 사무엘은 신중하게 길을 찾고 있었다. 그때, 수현이 샤이나의 어깨를 잡고 잡아당겼다.

"?!"

"고개 숙여. 저거에 부딪히지 마."

갑자기 수현이 잡아당겨서 무슨 일이 있나 했더니 샤이나는 당황한 표정으로 수현을 쳐다보았다. 그녀 앞에 있는 건 그냥…… 나뭇가지였던 것이다.

"저거 피하라고 한 거야? 음, 고맙긴 한데…… 저걸 피할 이유가 있었을까?"

수현은 염동력으로 돌멩이를 들어 올려 나뭇가지를 향해 던졌다. 나뭇가지에 돌멩이가 닿는 순간, 나뭇가지는 마치 채찍처럼 변해 돌멩이를 휘감았다. 그리고 안으로 강하게 끌어당겼다.

"!!!"

몬스터에 비하면 우스울 파괴력이었지만 방심하고 있을 사람의 목뼈를 부러뜨릴 힘 정도는 충분했다.

샤이나도 당황한 표정으로 나무를 쳐다보았다. 저런 식물은 카메론에서도 정말로 특이한 종이었다.

"여기는 그냥…… 아무것도 안 건드리고 가는 게 좋아. 그나저나 사무엘, 지하에서 지내는 그놈들 특성상 어스 드래곤은 상당히 위협적이지 않나? 통로 부수는 건 일도 아닐 텐데?"

"그래서 놈들은 조직적으로 어스 드래곤을 사냥한다. 어스 드래곤 사냥 팀이 따로 있더군. 나도 여기 주변에서는 어스 드래곤을 땅 밑으로 들여보내지 말라는 명령을 받았다."

"지금 저거 토끼야?"

"아무것도 건드리지 않는 게 좋다니까?"

"설마 저거도?"

"그래, 저 토끼도 건드리지 않는 게 좋은 놈이지."

순진무구한 검은 눈동자로 올려다보는 토끼가 위험하다고는 아무도 생각하지 않을 것이다. 그러나 저 토끼는 별명이 붙을 정도로 여기에 처음 들어온 용병들에게 꽤 피해를 입힌 몬스터였다.

수현은 돌멩이를 하나 더 들어 올려 토끼에게 던졌다. 토끼가 피하자 돌멩이를 조종해 토끼 주변에서 맴돌게 했다. 그 순간 토끼가 강력하게 도약해서 숨겨진 이빨을 드러냈다. 방금까지 순진무구했던 모습과는 정반대되는 흉포한 기세였다.

콰직!

돌멩이를 물어뜯는 토끼의 공격.

폭발적인 도약력을 봤을 때 서 있는 사람의 목이나 얼굴 정도는 바로 물어뜯을 수 있었다.

"봤지? 여기는 진짜 이상한 곳이라니까. 그냥 있는 건 다 의심하면서 가는 게 좋아."

"길 찾았다!"

"그러면 들어가면 되나?"

"아니, 기다려야지."

"……?"

"놈들은 자주 밖으로 나와 정찰을 돈다. 길어봤자 며칠이야. 기다렸다가 만나면 사정을 말하는 거지."

"왜 그래야 하지? 길을 모르나?"

"아니, 길은 안다. 그렇지만 여기서부터 어스 드래곤을 두고 가야 하는데, 그러면 우리를 지켜줄 게 아무것도 없잖나?"

"아, 그런 이유였나."

수현은 사무엘의 등을 툭 쳤다.

"앞으로 가라."

"뭐라고?! 방금 이유를 말했잖아!"

"그래, 들었으니까 앞으로 가라고."

지하 통로를 걷는 건 대부분 좋아하지 않았다. 길을 찾기 힘들어서가 아니었다. 기술의 발전으로 인해 자동으로 지도가 만들어지는 이상 지하통로는 딱히 미궁으로써의 역할을 하지 못했다.

사람들이 지하통로를 좋아하지 않는 건 위험해서였다. 안에서 나타나는 몬스터를 상대하기도 힘들었고, 자칫 강력한 초능력을 썼다가는 통로가 무너져서 생매장되기 십상이었다.

"그런데 어디부터 갈 생각이지?"

"어디부터라니?"

제니퍼가 의아해하자 수현이 말했다.

"여기는 다크 엘프와 드워프가 같이 있는 곳이야. 같이 있다고 해도 둘이 붙어 지내는 건 아니고, 공간을 따로 쓰지. 다크 엘프의 영역과 드워프의 영역은 완전히 나뉜다고."

사무엘은 놀란 눈으로 수현을 쳐다보았다.

이 인간은 대체 정체가 뭐기에 이렇게 해박하단 말인가?

"드워프 쪽부터 먼저 가지. 그나마 우호적일 가능성이 크니까."

그 말을 들은 샤이나가 입을 삐죽거렸다. 그러나 그녀로서도 다크 엘프가 우호적이지 않을 거라는 건 부정할 수 없었다.

길고 긴 길을 지나, 독특한 모양의 석상들이 옆으로 나열된 길을 지나자…… 점점 더 인공적인 느낌이 나는 통로가 나왔다. 꽤나 거대했다.

수현은 순간 지하 유적지를 떠올렸다. 이클립스 팀과 같이 들어갔던 드라고니아 분지 지하의 유적지.

'왜 갑자기 그 생각이 나는지 모르겠군.'

"다크 엘프가 왜 또…… 잠깐, 다크 엘프가 아니잖아? 인간들이네?"

멀리서 키가 작은 전사들이 하품을 하며 달려 나왔다가 평상시와 다른 사람들이 찾아왔다는 걸 알고 움찔했다.

"인간이 여기는 무슨 일이냐!"

"저기……."

"아, 사무엘이군."

"사무엘이 누구더라?"

"그, 있잖아. 인간들의 왕이라는 놈."

"인간들의 왕? 나가서 보니까 마을 하나도 안 되는 크기던데…… 그리고 말 들어보니까 인간들의 왕은 여기가 아니라 저기 차원문 너머에 있는 것 같던데."

"넌 왜 그렇게 예의가 없냐? 일단 신세를 졌으니 자기가 하고 싶은 대로 말하게 내버려 두는 거지. 스스로 왕이라고 한다고 해서 유해한 것도 없잖아?"

드워프들은 자기들끼리 이야기를 하는 것 같았지만, 그들의 말이 들리는 사무엘의 표정은 점점 더 붉어졌다. 어스 드래곤이 있다면 시켜서 땅을 파고 들어갔을 것이다.

"사무엘, 친구들인가?"

"예……."

"그러면 뭐 괜찮겠지. 이 정도 인원이고."

드워프들은 의외로 대범했다. 그들은 인간이라고 배척하거나 하는 것 같지는 않았다. 샤이나가 다크 엘프인 것도 신경 쓰지 않았다.

"그러면 들어와…… 어?"

드워프의 표정이 급변했다. 그들은 뒤에 나열된 석상들을 가리키며 수군거렸다.

"저거…… 왜 저래? 언제부터 저랬어?"

"저 인간들 오고 나서 그런 거 같은데?"

"사람 불러! 모두 경계 태세!!!"

"?!?!"

사무엘은 갑자기 돌변하는 드워프들의 태도가 이해되지 않아 입을 삐끔거렸다. 그러나 수현은 냉정했다.

"뭔가 일이 꼬였군."

마음 같아서는 바로 제압하고 안으로 치고 들어가도 되겠지만 여기서 그랬다가는 그가 수갑을 찼다.

수현은 바로 제니퍼와 샤이나를 데리고 뒤로 빠져나갔다.

드워프들은 쫓아오지 않았다. 그들은 두려움 섞인 눈으로 수현을 쳐다볼 뿐이었다.

"혹시 너만 친하다고 생각하고 있던 건 아니지?"

별생각 없이 말한 제니퍼의 말이 사무엘의 폐부를 깊숙이 찌르고 들어갔다. 사무엘이 움찔하며 말했다.

"원, 원래 저런 놈들이 아닌데…… 다크 엘프들 쪽으로 가자! 그놈들은 저러지 않을 거다."

수현은 그 전에 이유를 알아야 한다고 생각했지만, 굳이 사무엘을 말리지는 않았다. 여기서 고민한다고 달라지는 건 없었으니까.

다크 엘프들의 영역은 드워프들과 비슷하면서도 확실히 달랐다. 드워프들의 영역은 직선 위주에 기능 위주를 추구한 투박한 공예였다면 다크 엘프들의 영역은 곡선 위주에 예술미를 추구했다. 같은 다크 엘프인 샤이나도 보고 감탄할 정도였다. 이 밑의 부족들은 정말로 화려한 것들을 쌓아 올렸다.

그리고 다크 엘프들의 영역에서도 비슷한 일이 일어났다.

"인간이잖아? 거기에 다크 엘프까지."

"촌동네 다크 엘프다. 킥킥."

샤이나가 듣고 부들부들 떠는 걸 수현은 손을 잡아주었다.

"사무엘하고 친구에다가 저 인원이면 그냥 들여보내 줘도…… 어?"

"경비! 경비 불러!"

"빌어먹을."

중간 지점에 와서 수현은 돌 위에 걸터앉았다. 지금 상황을 받아들이기 위해서는 머리 회전이 필요했다.

이종족들이 대체 왜 저런단 말인가?

사무엘 때문은 아닌 것 같았다. 그 때문이었다면 좀 더 예전부터 저랬어야 했다.

소리가 들렸다.

"……?"

쳐다보니 저 먼 통로에서 머리가 보였다. 드워프들이 숨어서 수현을 쳐다보고 있었다. 그들은 수현과 눈이 마주치자 히익 소리를 내며 몸을 숨겼다.

기회였다. 수현은 그들을 향해 외쳤다.

"이봐! 우리가 뭔 잘못이라도 했나? 들어갈 생각은 없으니 뭔 잘못이라도 했는지 말해줘! 영문도 모르고 쫓겨났잖아!"

"너, 너 드래곤 아니냐?"

"????"

제니퍼, 샤이나, 사무엘의 시선이 수현에게 꽂혔다. 사무엘은 그럴 줄 알았다는 듯이 고개를 끄덕였다.

"어쩐지 존나 세다 했……."

퍽!

제니퍼나 샤이나는 황당하다는 듯이 외쳤다.

"수현은 드래곤이 아니야! 얘가 드래곤이면 우리가 드라고니아 분지에서 왜 그렇게 고생을 했겠어!"

"정말 드래곤 아니라고?"

"이봐, 드워프. 안 공격할 테니까 나와서 봐봐. 이게 어딜 봐서 드래곤이야? 게다가 드래곤이면 여기서 이럴 이유가 있나? 그냥 원하는 걸 바로 얻어낼 수 있을 텐데?"

드워프가 생각하기에도 그건 확실히 그랬다. 그들은 천천히, 쪼르르 나와서 수현을 쳐다보았다.

"혹시 몸수색을 해도 되나?"

"……그러시지."

"변신하거나……."

"불을 뿜거나……."

"계속 그렇게 떠든다면 먹어버릴 수는 있을 것 같군."

"역시 드래곤 맞잖아!"

"바보야, 농담이잖아!"

　한 시간 정도를 소란을 피우고 나서야 드워프들은 의심을 반쯤 버릴 수 있었다. 수현이 드래곤이라는 의심을.

"으…… 우리 사고 치는 거 아니지?"

"전하께서 데리고 오랬잖아."

"그분은 워낙 특이한 걸 좋아하시니……."

"저거 진짜 드래곤 아니지? 석상이 반응했는데."

"음, 확신은 못 하겠지만 드래곤은 아닌 것 같아. 드래곤이 저렇게 친절하지는 않을 것 같다."

　이종족들의 도시 중에서도 이곳은 예외적이었다. 역사학

자, 미술가, 상인들이 이곳을 본다면 눈물을 흘리며 들어갈 수 있게 해달라고 무릎을 꿇을 수준이었다.

하임켄의 오크들에게는 미안하지만…… 도시의 완성도 수준은 여기가 몇 배는 뛰어났다.

그러나 일행들은 도시를 구경할 틈도 없이 가운데의 건물로 가야 했다. 이 드워프들의 왕이 그들을 보고 싶어 했기 때문이었다.

"들어가면 뭐, 무릎 꿇고 인사하고 그래야 하나?"

수현의 질문에 드워프들이 고개를 갸웃거렸다.

"그게 뭐냐?"

"예전 같은 거 안 하나?"

"우린 그런 거 없는데?"

드워프들이 그들의 지도자를 부르는 개념을 '왕'이라고 해석해서 번역기가 말해준 것이었지, 실제로 그들의 왕은 아니었다.

실제로 문을 열고 들어가자 안은 왕궁의 홀이라기보다는 시청의 시장실 같은 느낌이 강했다.

사무엘보다 더 멋진 수염을 기른 드워프가 그들을 보더니 자리를 박차고 일어섰다.

"왔군! 그러니까 이들이…… 그 석상을 울리게 했다고?"

"네!"

"예!"

"너희들이 맥주를 많이 마신 게 아니라?"

"……전날에 많이 마시긴 했지만 절대로 잘못 본 건 아닙니다!"

"그렇습니다!"

"드래곤이 폴리모프할 수 있기는 하지만…… 굳이 인간으로 폴리모프해서 여기로 올 이유가 있을까? 드워프로 폴리모프하면 더 편할 텐데."

"그건…….".

"난 예전부터 저 석상들이 이해가 안 갔어. 드래곤이 오면 알려준다고는 하는데, 그러면 뭐해? 여기 앞까지 드래곤이 찾아왔다는 건 우리가 다 죽었다는 이야기잖아."

"이, 이 지하에서는 드래곤도 그렇게 함부로 하지는 못하는 거 아니었습니까?"

"글쎄다. 아, 손님 오셨는데 말이 길었군. 사무엘, 잘 지냈나? 자네의 백성들도 잘 지내고?"

"음…….".

"사무엘은 스스로 왕관을 벗고 내려오기로 했다. 자기보다 더 좋은 사람이 있을 거라고 하더군."

'내가 언제 그랬냐?!'

그 말을 들은 드워프가 감탄을 했다.

"스스로 내려놓다니! 그런 좋은 방법이!"

"무르노 님, 죄송하지만 그런 방법은 통하지 않을 것 같습니다."

"난 아직 아무 소리도 안 했다. 너희들은 나가보도록."

드워프는 지혜로운 시선으로 수현과 제니퍼, 샤이나를 쳐다보았다.

"사무엘은 뭔가를 꾸밀 양반이 아니라서 허락을 해줬지. 신세를 지기도 했고, 무해하기도 했고."

사무엘이 울컥해서 일어나려고 했지만 수현이 그를 제지했다.

"그렇지만 다른 인간들은 이야기가 다르지. 여기는 무슨 일로 찾아왔나?"

"친하게 지내고 싶어서 찾아왔습니다."

"역시 그건가……. 미안하지만 그건 안 되네."

드워프는 바로 대답했다. 어지간해서는 흔들릴 것 같지 않은 태도였다.

"왜입니까?"

사실 그다지 놀라지 않았다. 수현은 이들이 얼마나 폐쇄적인지 알고 있었다. 오죽하면 예전의 수현이 이들과 접촉하는 걸 포기했었겠는가.

예전의 수현이 포기했다는 건 단순히 포기 이상의 의미가 있었다. 그건 정말로 불가능하다는 뜻이었다.

온갖 불가능한 임무를 던져 줘도 기상천외한 방식을 동원해서 해결해 낸 수현은 군 내의 해결사나 마찬가지였고, 그가 결국 두 손을 들고 물러나자 군도 더 이상 접촉을 시도하지 않았다.

"저것들을 끌어내리려면 군대를 밀어 넣거나 해야 할 겁니다."

물론 그런 방식은 쓸 수 없었다. 이곳에는 그들만 있는 게 아니었으니까.

그래서 수현은 궁금했다. 사실 여기까지 온 것도 그들과 꼭 교류해야겠다는 것보다는 호기심이 더 커서였다.

도대체 왜 그렇게 폐쇄적으로 군단 말인가?

"전통 때문이지."

"어…… 혹시 지하에서 살다가 죽는 전통이라도 있습니까?"

"그런 전통이 아니라, 상당히 의미가 있고 오랫동안 지켜져 온 전통이 있어. 이건 우리뿐만 아니라 다크 엘프들한테도 있는 전통이지."

"무슨 전통이길래?"

"그걸 외부인한테 말해줘야 할 이유라도 있나?"

수현은 그 말에 진지한 태도로 대답했다.

"전하, 지금 밖의 상황에 대해 잘 모르시는 것 같습니다. 원래라면 여기 주변은 인간들이 적게 왔으니 폐쇄적으로 지내더라도 문제가 없었겠죠. 그렇지만 이제 상황이 달라졌습니다. 호수 안의 괴물이 잡혔고, 위의 길이 열렸고, 그로 인해 온갖 인간이 몰려왔습니다. 이제 그런 식의 폐쇄주의는 먹히지 않을 겁니다."

물론 먹혔다. 인류는 이종족을 상대할 때 기본적으로 그들의 방식을 존중했으니까.

그러나 이종족 입장에서는 인간의 방식을 완전히 알 수도 없었고, 믿을 수도 없었다. 특히 이런 식으로 폐쇄적으로 사는 이종족이라면 더더욱.

그런 이종족은 기본적으로 인간의 접근에 불안함을 느낄 수밖에 없었다. 수현은 그걸 잘 알기에 거짓말을 했다.

"……그렇다 할지라도 우리는 계속 고수할 생각이네."

"제 신분에 대해서 말하자면 인간 내에서도 꽤나 높은 지위를 갖고 있습니다. 여러분의 사정이 정말로 지켜야 할 비밀 같은 게 아니라면 저한테 말씀해 주시죠. 제가 말을 전할 수 있습니다. 알지 모르시겠지만 인간들은 명분을 중요시하잖습니까. 그럴듯한 이유라면 대외적으로 접근할 수는 없을 겁니다."

옆에서 듣던 제니퍼는 어이가 없다는 듯이 수현을 쳐다보았다. 그의 속이 뻔히 보였다.

수현은 저렇게 친절하지 않았다. 지금 저러는 것도 이들을 위해서가 아니었다.

"으음…… 정말로 높은 위치의 사람인가? 그걸 믿을 수 있나?"

"전하나 다른 분들이 인류 사회와 조금 접촉이 있으면 바로 확인을 시켜드릴 수 있겠지만, 지금은 방법이 없군요."

"젊어 보이는데 정말인가? 어떻게 그런 위치를 가질 수 있지?"

"저는 마법사입니다."

"……!"

드워프는 놀란 눈빛으로 수현을 쳐다보았다. 마법사는 언제나 드물고, 경이로운 존재였다. 폐쇄적인 이종족 사회라고 해서 다를 건 없었다.

옆의 제니퍼나 샤이나를 쳐다보니 그녀들도 어깨를 으쓱거렸다. 이런 거짓말은 할 이유가 없었다. 확인한다면 바로 들통날 테니까.

"사실 우리 전통이 비밀로 지켜야 할 건 아니지만, 그렇다고 주변에 퍼뜨릴 것도 아니라서…… 우리는 망명자들의 후예네."

"망명자들?"

"그래, 한때 드래곤이 미쳐 날뛸 때 지하로 내려간 망명자들."

"드래곤이 날뛰었다고요? 언제?"

"아마 천 년 가까이는 된 것 같은데……."

수현은 어이가 없다는 듯이 드워프를 쳐다보았다.

천 년 전 일로 이러고 있단 말인가? 아무리 이종족이라지만…….

"그렇게 보지 말게. 처음에는 드래곤을 피해 도망쳤다지만 그 이후로는 우리가 자의적으로 안 나가는 거니까. 우리도 밖의 상황은 아네. 드래곤이 이 주변에 없다는 것도. 그렇지만 굳이 나갈 이유도 없는 거지. 바깥은 온갖 몬스터가 돌아다니고 외부의 종족들과 다툼을 해야 하는데, 이 안은 어스 드래곤 같은 걸 제외한다면 안전하거든."

처음에는 두려워서 도망쳤지만 그 이후 드래곤의 공포가 사라졌어도 그들은 바깥으로 나가지 않았다. 이 안이 생각보다 괜찮았던 것이다.

수현도 수긍했다. 이 안의 완성도는 바깥의 하임켄 같은 손꼽히는 도시보다 더 뛰어났다. 이런 곳을 버리고 바깥으로 나갈 이유가 있을까?

잠깐 봤는데도 수현의 예리한 시선에 많은 것이 잡혔다.

도시 안에는 자체적으로 수로가 흘러 근대 수준의 수도 시스템이 잡혀 있었고, 건물은 도망친 이들이 올렸다고는 믿을 수 없을 정도로 완성도가 높았다.

다크 엘프들의 영역은 가 보지 못했지만 이것보다 완성도가 낮을 리는 없었다.

"그래서 그냥 여기서 사는 걸세."

"외부 종족을 비웃으면서요?"

"젊은 놈들 사이에서는 그런 의식이 조금 있긴 하지. 나이든 사람들 사이에서도…… 조금…… 크흠."

이런 화려한 문명을 유지하고 살다 보니 외부에서 부족 단위로 살아가는 이종족들을 얕볼 수밖에 없었다. 드워프도 그걸 잘 알고 있었다.

"얕본다고 해서 접촉을 피할 이유가 있습니까?"

"접촉을 피하는 건 다른 이유 때문이야. 드래곤에 대한 공포 때문이지."

"……?"

"우리 선조의 선조의 선조…… 까마득하게 올라가서, 이도시를 건설한 우리의 선조께서는 이렇게 말을 남기셨지. 드래곤이 숨어서 여기로 들어올 수도 있으니 외부인을 조심하라고."

"……단지 그거 때문에?"

"아무리 시간이 지났어도 그런 말은 잊히지 않네. 우리를 자네들 종족처럼 보지 않아줬으면 좋겠군. 아, 자네를 그렇게 대한 건 그 석상 때문이야. 앞에 설치된 그 석상 있지? 드래곤이 다가오면 석상이 알려준다고 했었네. 난 사실 그 석상이 진짜 움직이는 건지 궁금했었는데……."

"전 드래곤이 아닙니다."

"나도 그렇게 생각하네. 그렇게 생각하니 들여보내 줬지. 내 생각에…… 드래곤이 여기로 오면 우리는 그저 얌전히 멸망할 수밖에 없어."

드워프의 눈빛에는 깊이를 알 수 없는 빛이 번뜩였다.

"드래곤은 법칙이니 우리는 거기에 맞출 수밖에 없지. 만약 자네가 정말 드래곤이라면 우리가 자네를 쫓아내 봤자 그냥 부수고 들어올 테니 의미가 없다고 생각했네. 석상이 왜 움직였을까, 그게 궁금했기도 했고……. 인간에 마법사라는 점을 제외한다면 이유를 모르겠는데."

"저도 제가 자꾸 드래곤과 엮이는 이유가 궁금합니다. 그보다 드래곤에 대해 그렇게 생각하시면 폐쇄 조치는 의미가 없는 거 아닙니까?"

"나야 그렇게 생각하지만 다른 사람들은 아니니까. 다들 드래곤을 막기 위해서라면 폐쇄적으로 살아야 한다고들 생각하지. 우월감에 빠져서 그 이유를 드는 놈도 있고…… 어쩼든 대체적인 여론은 그렇다네. 나는 그걸 거스를 생각이 없네. 다크 엘프들과 만나보고 싶다면 내가 사람을 붙여주지. 대신 얌전히 돌아보고 떠나줬으면 좋겠군."

"전면적인 교류가 싫다면 한정적인 교류를 합시다."

"한정적인 교류?"

"여기 이종족들은 밖의 이종족들보다 더 풍족한 생활을 하고 있다는 거 아닙니까. 의식주 모두. 그렇지만 기호 물품은 아니겠죠. 인간들의 특이한 물건이나 무기에 대해 흥미가 있지 않습니까?"

"있기는 한데, 솔직히 부작용이 일어날까 봐…… 그런 거에 잘못 빠지면 더 위험하잖나."

"이 정도로 확고하게 통제한 상태에서는 그런 부작용도 별로 없을 겁니다. 그리고 제가 말했듯이 이 주변은 앞으로 인간들로 넘쳐 날 겁니다. 접촉하지 않으려고 해도 접촉할 수밖에 없을 텐데, 미리미리 알게 하는 게 낫지 않겠습니까?"

옛 쇼군 시절 일본에서 정부를 통해서만 서양 상인들의 교역을 가능하게 했던 것처럼 수현도 그런 방식을 제안하고 있었다.

무르느는 그 말에 조금 흔들린 것 같았다.

그들은 지하에 산다지만 밖에 나오는 이가 아무도 없는 건 아니었다. 주기적으로 확인을 하고 필요한 걸 구하는 정찰대는 있었다.

앞으로 인간들이 몰려오면 이들과 접촉하려고 수를 쓸 텐데, 계속해서 접촉을 금하는 게 답인 것일까?

아니, 어느 정도는 정보를 알고 대비하는 게 나을지도 몰랐다.

"저와 손을 잡으신다면 미리 충격에 대비하게 해드리겠습니다. 인간들의 세력이 어떻게 나뉘고 사회가 어떻게 구분되고 어떤 식으로 움직이는지."

"그걸 다 알려준다고?"

"못 알려줄 것도 없죠. 인간들은 여러분처럼 하나로 뭉쳐서 지내는 종족이 아니거든요. 얼마든지 서로 견제가 가능합니다."

"으음……."

무르노가 확실히 솔깃한 모양이었다.

"우리가 내야 할 대가는?"

"여기 드워프들이 가진 것 중에서 우리가 탐낼 건 수두룩합니다. 그건 걱정 안 하셔도 됩니다."

"좋아, 긍정적으로 생각해 보겠네. 다크 엘프들도 설득할 생각인가?"

"가능하면 좋겠죠."

"한번 해보게나."

비슷한 대화와 비슷한 상황을 겪고, 수현은 다크 엘프들을 설득할 수 있었다. 그들은 수현을 조금 더 의심하는 것 같았다. 주로 드래곤 때문에.

그래도 동족이라고 샤이나가 붙어서 열심히 변호를 해줘서 망정이었지 아니었다면 바로 쫓겨났을 것 같았다.

결국에는 시험적으로 해보겠다고 약속을 받는 게 가능했다.

"다크 엘프와 드워프 정찰대가 그대들을 배웅해 줄 것이다."

수현으로서는 상관없었다. 아니, 오히려 좋았다. 지금쯤 밖의 상황이 예상이 갔기 때문이었다.

러시아인 이반은 아마 그가 뭔가 놓쳤다는 걸 깨달았을 것이다. 블루베어 팀장이 사라지고 수현도 같이 사라졌으니까. 그리고 그들이 갈 곳은 별로 많지 않았다.

수현이 먼저 들어갔으니 다른 용병들 중에서도 호기심 있고 욕심 있는 이들은 바로 몰려들었을 것이다. 아마 아네스 지역에서 디브라오 지역으로 꽤나 넘어왔을 것으로 예상됐다.

"어……?"

뭔가 이상했다. 아무도 보이지 않았던 것이다.

물론 디브라오 지역이 워낙 사람을 괴롭히는 곳이니 들어온 용병들이 왔다가 도망쳤을 수도 있었지만, 그래도 이렇게 아무도 보이지 않을 거라고는 생각하지 않았다.

아네스 지역은 돌아다니다가 멀리서 움직이는 용병들을 쉽게 볼 수 있었는데…….

"이봐, 촌동네 다크 엘프."

"한 번만 더 촌동네 다크 엘프라고 하면 죽여 버린다. 여기는 밖이거든?"

"……다크 엘프, 저 인간이 그렇게 대단한가?"

"보면 알아."

샤이나의 목소리에는 가시가 돋아 있었다.

"그런데 이 주변에 인간이 많이 왔다면서? 왜 아무도 안 보이지?"

"못 믿겠으면 아네스까지 오면 되겠군. 거기는 넘칠 테니까."

수현은 그렇게 말했다.

그러나…… 아네스에 도착했는데도 돌아다니는 용병들은 보이지 않았다.

"?????"

수현은 이 이해되지 않는 상황에 경악했다. 지하로 내려갔다 온 지 길어도 두 달을 넘기지 않았는데, 갑자기 왜 이런단 말인가?

아네스 주변에 사람만 싹 사라진 느낌이었다.

수현은 바로 엘프 부족으로 향했다. 다행히 그들은 남아 있었다. 그들은 수현을 보자마자 말했다.

"김수현 님, 지금 당장 돌아가셔야 해요!"

"무슨 일이지?"

"그건 저희도 잘 모릅니다. 하지만 다른 동료분들은 연락을 받고 급히 돌아가셨어요. 인간들 사회에 무슨 일이 생긴 게 분명해요."

"에이다나 에렌딜은?"

"내가 약 조제법과 약초를 주고 일단은 돌아가는 편에 태워 보냈다. 움직이는 꼴을 보니 한동안 못 올 수도 있을 것 같아서."

말을 듣던 제니퍼의 표정에 긴장이 어렸다.

대체 무슨 일이 일어나고 있단 말인가?

"기지로 가자. 설마 기지 인원까지 전부 철수시키진 않았 겠지."

다행히 수현의 예상이 맞았다. 호수 인근의 기지는 최소한의 인원이 남아 있었다. 그들은 수현을 보고 깜짝 놀라서 달려 나왔다.

"김수현 팀장님! 지금 당장 평양으로 돌아가셔야 합니다."

"대체 무슨 일이 생긴 건지 말부터 해봐."

"블루베어 팀도 사라졌어! 이것들이 날 버리고 간 거야?!"

제니퍼는 연락을 듣고 어이가 없다는 듯이 달려 나왔다.

"드래곤이라도 나왔나?"

"아뇨, 더 끔찍한 일입니다."

"……?"

"지구에 몬스터가 나왔습니다."

차원문이 평양에 생기고 나서 인류는 겁을 먹었었다.

차원문이 생긴 뒤 평양 주변은 핵폭탄을 맞은 것처럼 날아가 버렸다.

만약 다른 차원문이 생기면 어떻게 될 것인가?

생각만 해도 끔찍했다. 그러나 그런 공포는 한 세기가 넘게 흐르면서 많이 희석되었다. 대신 다른 공포들이 생겨났다.

차원문을 통해 몬스터가 나온다면?

물론 그런 공포들도 진지하게 받아들여지지 않았다. 연

합국은 그런 위험에 대해 진지하게 대응하고 있었기 때문이었다.

지구와 카메론 차원문 주변에는 정말 강력한 병력이 대기하고 있었고, 언제든지 길 잃은 비행 몬스터가 차원문을 통과해 지구로 넘어오면 바로 죽일 준비가 되어 있었다.

그런데 지구에 몬스터라니.

# 57장
# 지구를 지켜라

"차원문 보안이 깨졌나? 대체 그 주변 놈들이 일을 어떻게……."

수현은 어이없다는 듯이 중얼거렸다. 차원문 주변의 보안이 깨졌다는 건 보통 일이 아니었다. 그 주변의 병력부터 시작해서 대기하고 있던 초능력자까지 모두 몬스터를 놓쳤다는 뜻이었으니까.

"아닙니다. 차원문 주변은 멀쩡합니다. 그리고 차원문 보안이 깨졌으면 차원문 주변을 보강하지, 용병들까지 전부 소집을 했겠습니까?"

"그러면 뭐지?"

"지구 곳곳에 차원문이 터져 나왔습니다."

"!!!"

수현은 정말로 놀랐다.

이게 대체 무슨 소리란 말인가?

"차원문이 터져 나왔다고?"

차원문이 생기면 주변은 완전히 초토화됐다. 카메론의 공간이 넘어오는 것이다. 예전 평양처럼 도시에 차원문이 열렸다면…….

수현의 당혹스러움을 눈치챘는지 기지 직원은 급히 설명에 나섰다.

"아니, 아니. 구 평양처럼 차원문이 열린 게 아닙니다. 이건 좀 다른 형태입니다. 일시적인 형태의 차원문입니다."

수현이 걱정했던 것처럼 그 주변 지역이 완전히 사라져 버리는 형태의 차원문은 아니었던 모양이었다.

지구 곳곳에 불규칙적으로 차원문이 생겨났다. 그런 차원문은 평양에 생겼던 차원문처럼 계속 유지되지는 않았다. 일시적으로 열렸다가 강력한 에너지를 뿜어내고는 사라져 버렸다.

문제는 그 정도만 열려도 몬스터가 넘어오기에는 충분하다는 것이었다.

그 말을 들은 수현은 바로 심각성을 알아차렸다. 차라리 평양의 차원문 보안이 뚫린 게 나았을 정도였다.

그는 신음하듯이 말했다.

"지구에는 난리가 났겠군."

"예, 지금 가능한 병력은 모두 불러 모았고…… 용병들도 예외가 아니었습니다."

군대가 아닌 용병들은 민간 업체였고, 무슨 일이 생긴다고 해서 마음대로 부를 수 없었다. 그러나 이번에는 그런 원칙도 어길 정도로 다급했던 것이다.

차원문이 언제, 어디에서 생길지 몰랐다. 게다가 그 열린 차원문으로 어떤 놈이 나올지 몰랐다. 이건 거의 시한폭탄이었다. 아니, 시한폭탄보다 질이 나빴다. 시한폭탄은 터지면 끝나지만 넘어온 몬스터는 계속 남아서 인간을 공격할 테니까.

"현재 상황은 어느 정도지?"

"다행히 차원문이 가장 처음 열렸던 지역이 인적이 없던 사막 지역이었고, 그걸 눈치챈 UN이 대처를 빠르게 했기에 그 이후 피해는 생각보다 크지 않습니다. 물론 도시에 열렸을 때는 정말 끝장이구나 했지만……."

"도시에 열렸다고?"

"예. 뉴욕, 상하이, 도쿄 같은 대도시 말입니다. 특히 뉴욕과 도쿄가 피해가 컸습니다. 지하철 선로에 차원문이 열리는 바람에 난리가 났죠."

수현은 이마를 짚었다. 끔찍한 상황이었다.

"시간이 야간이라 민간 피해가 적었다는 게 그나마 다행입니다만…… 이렇게 말하는 것도 뭐하지만, 도쿄에 열린 것 때문에 일본은 한숨 돌렸습니다."

"……?"

"이번 일에서 가장 먼저 의심받은 게 일본이었으니까요. 그들은 전적이 있습니다."

"아, 그 가짜 차원문 소동?"

백 년 넘게 없다가 갑자기 일이 생겼으니 의심은 자연히 생기게 마련이었다. 그리고 이런 의심은 아무한테나 할 수 있는 게 아니었다. 차원문을 건드릴 만한 기술력을 갖고 있는 세력은 얼마 없었다.

"우리 수준은 그거 건드리지도 못하지. 용의자에서 벗어나서 기쁘다고 해야 하나……."

미국, 중국, 러시아는 의심을 받더라도 별 상관없는 강대국이었다. 배 째라고 하면 누가 그들을 캐묻겠는가. 게다가 그들은 딱히 차원문으로 사고를 친 적도 없었다.

덕분에 일본은 이례적으로 빠르게 공개 성명을 발표했다. 지금 일어나고 있는 사태는 그들과 전혀 상관이 없으며 그들이 일으켰던 차원문 사태는 전혀 다른 경우라고.

"연구 결과까지 전부 발표할 정도로 필사적이었습니다."

"이런 건 한번 잘못 몰리면 끝장이니까. 사람들도 이성적이지는 않을 테고."

"그래도 도쿄에 생겨서 뒤집어진 것 때문에 의심은 좀 줄어들었습니다. 그거 말고도 테러리스트 놈들은 자기들이 했다고 우르르 나오는데……."

"그걸 믿나?"

"아무도 안 믿었습니다. 실제로 열어버리겠다고 협박만 하지 통제할 수 있다는 증거를 보인 놈은 하나도 없었으니까요. 김수현 팀장님, 지금 당장 돌아가셔야 합니다. 카메론에 남아 있을 때가 아니에요. 지구에 있는 모든 국가가 각국이 갖고 있는 카메론 전력을 끌어모으고 있습니다. 언제 어디서 몬스터가 터져 나올지 모르니까요. 당장 팀장님을 찾으라는 연락이 얼마나 왔는지……."

이런 상황에서 마법사라는 타이틀을 가진 수현을 얼마나 찾았을지는 상상이 갔다. 수현은 직원의 어깨를 두드렸다.

"고생이 많았겠군."

"아뇨, 이 정도는 고생도 아닙니다. 지금 배를 준비할 테니 당장 출발하시는 게 좋겠습니다."

"그러도록 하지."

수현은 밖으로 나가면서 복잡한 생각을 다듬었다.

일이 정말 제대로 꼬였다. 기껏 지하왕국과 교류를 할 수 있겠다 싶었는데 지구에 이런 사고가 일어나다니…….

게다가 가장 충격적인 건 그가 돌아오기 전에는 이런 일이 없었다는 것이었다.

미래가 바뀌었거나, 당겨졌거나.

"젠장……."

카메론은 어디까지나 지구를 본거지로 둔 개척기지였다. 그들은 지구의 규칙을 따랐다. 지구의 인류가 어디서 어떻게 당할지도 모르는데 카메론 개척을 할 수는 없었다. 최소한의 방어 병력만을 남겨두고 대부분은 지구로 돌아가야 했을 것이다.

그렇다는 건 물론 저 교류도 미뤄야 한다는 점이고…….

'나중에 이거 때문에 못 믿겠다고 하는 건 아니겠지?'

들어보니 그의 팀도 일단은 지구로 간 모양이었다. 그도 지금은 갈 수밖에 없었다. 안 갔다가는 나중에 무슨 덤터기를 쓸지 몰랐으니까.

"소식 들었지? 몸조심해. 이거…… 완성했으니까 가져가고."

최지은 옆에서 서강석이 굳은 표정으로 입을 열었다.

"팀장님, 저도 따라가겠습니다."

"됐어. 딸 옆에 있어줘. 지금 안 그래도 병력 빠져서 무슨 일이 생길지 모른다. 여기 시체 군단들이 강력하긴 하다지만 결국 인간이 조종하는 거야. 너 같은 경험자도 필요해."

"하지만……."

"내가 설마 너 없다고 곤란하지는 않다는 거 알잖아?"

수현은 받은 권총을 빙글 돌리며 확인했다. 겉모습은 평범했다. 카메론에서 시판되는 권총이었다. 총포상 어디에서도 파는 흔한 모델. 그러나 안은 결코 평범하지 않았다. 이 안에는 초능력을 지워 버리는 분쇄기를 추출해서 넣은 코어가 들어 있었다. 서예나의 능력으로 만든 현대의 아티팩트였다.

"조심해서 쓸게."

"이 탄환도 가져가고."

"이건 설마……."

"그래, 하임켄의 오크들이 갖고 있던 드래곤 브레스야. 다른 탄환이랑 착각할 생각 하지 말고!"

"어차피 이 총으로 쏠 일이 있겠어?"

수현은 허리춤에 권총을 찼다. 초능력자들도 무기를 갖고 다니기는 하지만, 그 무기는 거의 긴급할 때를 대비한 보조용이었다.

수현이 무기를 들고 다니면 사람들은 아마 저걸 왜 들고 다니나 싶을 것이다.

"나가야겠다. 지금 담당자들이 밖에서 안절부절못하고 있을 테니까."

그들은 지금 당장 수현을 데려가야 하는데, 수현이 대화하는 걸 방해하지도 못하기에 초조하게 기다리고 있을 것이다.

"정말 조심해야 해."

"말했잖아. 별로 위험한 거 아니라니까."

"네가 카메론은 잘 알지만, 지구는 아니잖아. 그리고 거기서 싸워야 하는 거고."

수현은 그제야 그녀가 뭘 걱정하는지 깨달았다.

"그런 거로 내가 불리해질 시기는 지났지. 드래곤 같은 게 건너간 게 아니라면 상관없어."

"재수 없는 소리 하지 마."

최지은은 엄격하게 말했다. 왠지 저런 소리를 하는 걸 보니 더욱 불안했다.

"트롤이다!"

"뭐?! 트롤?!"

"잡자! 잡아야 해!"

"미친놈아, 지금 저거 잡을 때냐! 구역 지켜! 몬스터 더 있나 찾아봐! 11-2 구역에 트롤 나타났습니다. 초능력자 보내 주십시오!"

용병들이 웅성거리는 동안 빠르게 초능력자가 나타났다. 그가 화염의 창을 던져 트롤을 찌르자 용병들은 바로 총탄을 퍼부었다. 대몬스터용으로 커스텀된 탄환은 불이 붙은 트롤을 난타해 놈을 무릎 꿇렸다.

"시X, 저거 피, 우리 월급인데."

"우리 월급보다 비쌀걸."

트롤을 노리는 용병들이나 사냥꾼들 사이에서는 농담처럼 돌아다니는 말이 하나 있었다. 이러다가 트롤이 멸종 위기 동물로 지정당하는 거 아니냐고. 실제로 그 정도로 주변의 트롤 숫자가 줄고 있었다.

더 멀리 가면 다른 곳에 사는 트롤도 있겠지만 그건 일개 사냥꾼이나 용병들이 할 수 있는 일이 아니니……

중얼거리는 용병의 말을 들은 다른 용병이 침을 뱉었다.

"젠장, 사체도 못 챙기고……"

"아서라. 지금 챙기려고 했다가는 욕먹는다."

"욕먹으면 먹는 거지. 저기 돈이 타고 있는데 넌 속이 안 타냐!"

"참아. 정부가 다 보상해 준단다."

"정말? 지금 이렇게 급하게 데려왔는데?"

"보상 안 하면 폭동 나지. 야, 오히려 카메론보다 더 짭짤할 수도 있어. 거기는 몇 날 며칠 돌아다니면서 자원 있나 찾고, 몬스터 오나 경계하면서 밤새워야 하는데, 여기는 차원문 터진 곳 가서 몬스터 잡으면 돈 주잖아."

"무슨 몬스터인지 모르잖아."

"무슨 몬스터인지 모른다니. 이 멍청한 놈. 형님이 원래 여기 지구에 있는 대학에서 수학을 전공했는데, 확률로 보면 여기로 건너올 몬스터는 약한 놈들일 확률이 높아."

"……?"

"봐봐, 약한 몬스터는 숫자가 많잖아? 강한 몬스터는 비교적 숫자가 적고."

"그렇지?"

"그러면 차원문이 갑자기 열릴 때 거기로 따라 들어올 몬스터가 약할 확률이 높겠어, 강할 확률이 높겠어?"

"그러네? 정말?"

"그리고 강한 놈이 나오면 우리를 보내겠냐? 그 전에 다 드론 띄우고 위성사진 찍고 확인하는데, 어지간히 급한 거 아니면 우리가 가기도 전에 다 결과가 나와요. 그런 건 이제 저 마법사 같은 양반이나 특급 초능력자들이 나서주겠지. 우리는 이런 놈들이나 상대하고……."

멀리서 랩터 떼가 골목을 돌고 담벼락을 부수며 달려오는 게 보였다. 용병들은 바로 조준 사격을 시작했다. 불꽃과 함께 랩터들이 비명을 질렀다.

랩터는 용병들의 가장 기본적인 실력을 구분하는 몬스터였다. 정면에서 보이는 랩터도 잡지 못한다면 카메론에서 일할 수 없었다.

총탄을 막아내는 방어력도, 맞고서 견뎌내는 맷집도, 회복하는 재생력도 없었다. 있는 건 민첩성과 기습 능력뿐.

랩터가 두려운 건 숲이나 정글에서 기습할 때였지, 들판에서 정면으로 보일 때 덤빈다면 그건 그냥 손쉬운 먹잇감이었다.

"돈이나 받으면 된다고."

"진짜 그런 거 같은데?"

"야, 이거 기회 아니냐? 완전……."

"그래, 잘하면 카메론보다 더 좋은 기회가 될 거라고!"

강제로 끌려와서 싸우게 된 용병들이었지만, 돌아가는 상황을 본 그들의 불만은 차츰 가라앉고 있었다.

용병 담당자들은 이리 뛰고 저리 뛰면서 여기로 온 용병들의 비용을 대기 위해 분투하고 있었다. 급해서 일단 데리고 오기는 했지만, 이들을 아무 대가 없이 부려먹을 수는 없었다.

그동안 카메론의 자원으로 쌓인 막대한 부(富)가 긴급 예산으로 편성되었고, 그 예산의 규모를 들은 용병들의 얼굴에도 방긋 미소가 떠올랐다.

─차원문 경보! 차원문 경보! 11-2 구역에 차원문 경보!

통신으로 소리가 들리자 용병들은 고개를 갸웃거렸다.

"잠깐, 11-2 구역이면…… 여기잖아?!"

"시X!, 튀어!!"

이들은 4일 전에 나온 몬스터들을 처리하기 위해 불려온 것이었다. 여기서 다시 차원문이 또 열릴 거라고는 상상치도 못했다.

"거의 복권급 확률인데……."

"닥쳐, 이 수학과 나온 새끼야!"

"아직 희망이 있어! 랩터가 나올 수도……."

콰콰콰쾅!

차원문이 열렸다가 사라질 때는 강렬한 여파가 불었다. 평양 차원문급은 아니더라도 가벼운 것 정도는 날려 버릴 정도의 충격이었다.

─크헝!

"오우거다……."

"오우거가 나올 확률은 얼마나 되냐?"

"닥쳐, 이 새끼들아! 튀어! 튀자고!"

그들은 바로 돌아서 도망치기 시작했다. 저 너머에서 아까

왔던 화염 계열 초능력자가 화들짝 놀라서 같이 뛰는 게 보였다. 이런 상황에서도 웃음이 나왔다. '아, 저놈도 초능력자지만 우리 같은 처지구나' 하고.

"밟아! 밟으라고!"

"뒤집힌다, 미친놈아!"

"뒤집혀도 좋아! 오우거한테 죽는 것보단 낫지! 초능력자 형씨, 뭐 할 수 있는 거 없수?!"

"제, 제 초능력은 관통력이 약해서 오우거한테는 그다지 의미가……!"

오우거가 건물 귀퉁이를 뜯어서 던지기 시작했다. 도로 위에 거대한 파편이 튀는 걸 보며, 용병들은 비명을 질렀다.

"지원! 지원해 줘! 포격이든 뭐든 쏟아부어 달라고!"

"멍청한 자식! 바랄 걸 바라라! 여긴 카메론이 아니라 도시 안이라고!"

카메론의 방식에 익숙해진 용병들이라 도시 내에서는 주변을 갈아엎는 포격을 할 수 없다는 걸 잊고 있었다. 카메론이야 도시 밖으로 나가면 얼마든지 화력을 쏟아부을 수 있었지만 지구는 아니었다.

"이익……!"

화르륵!

"오오!"

초능력자가 혼신의 힘을 쏟아낸 화염의 창이 오우거를 향해 쏜살같이 날아갔다.

툭―

"……."

그리고 오우거는 팔로 쉽게 쳐내 버렸다. 화염이 콘크리트 벽에 부딪혀 사그라져 버렸다.

"밟아!!!"

"그래서 제 팀원들은 어디에 있습니까?"

차원문을 통과하자 가장 먼저 느껴지는 건 지구의 공기였다. 수현에게 지구는 표현하기 힘든 곳이었다. 그는 지구에서 살다가 카메론으로 온 사람이 아니라, 처음부터 카메론에서 태어나 카메론에서 자란 사람이었다.

지구에 온 적이 아예 없지는 않았지만 그건 어디까지나 관광이나 잠시 들리는 목적이었다.

'부하들이 휴가 가자고 난리를 쳐서 잠깐 들렸었지.'

수현의 기준에 지구는 너무 혼잡하고 정신없는 곳이었다. 더러운 공기는 물론이고.

"아, 지금은 일단 대기하고 있습니다."

"......?"

수현은 이해가 가지 않는다는 표정을 지었다.

그의 팀은 이제 그가 빠져도 상당한 전력이 있었다. 기본적으로 경험이 있는 군인 출신들에 다양한 초능력을 가졌고, 그와 같이 다니면서 온갖 경험을 쌓았다. 이제 어지간한 적을 만나지 않는 이상 바로 무너지지는 않을 것이다.

그런 팀이 대기하고 있다니? 지금 상황이 그렇게 만만해 보이지는 않았다.

"팀장님이 계시지 않은 상황에서 멋대로 움직였다가 피해라도 나면...... 조금 곤란해지니까요."

'아, 그런 건가.'

수현은 무슨 뜻인지 이해했다. 한마디로 그를 배려해 준 것이다. 만약 그가 없는 사이에 그의 팀을 데려가서 상황에 투입시켰는데 사상자라도 나온다면.......

물론 급한 상황이고 어쩔 수 없겠지만 그 당사자가 누군지에 따라 이야기는 달라졌다. 당장 수현이 분노할 경우에 그들은 매우 곤란해졌다.

"배려 감사합니다. 그러면 그만큼 일을 하도록 하죠. 지금 필요한 곳이 있습니까?"

"예? 아직 조금 더 쉬셔도 됩니다. 그렇게까지 긴급 상황은 없습니다."

"그렇게까지 긴급 상황은 없다니. 어떤 상황을 말하는 거죠?"

"대도시 번화가 같은 곳에 쉽게 처리 불가능한 위험한 몬스터가 나오는 상황이 대표적이죠. 그럴 때면 김수현 팀장님께 가장 먼저 부탁을 드릴 겁니다."

"그런 경우가 많았습니까?"

"다행히 저희는 그런 경우가 적었습니다. 그에 비해 중국, 러시아, 미국은…… 정말 정신이 없었을 겁니다."

땅덩어리가 넓은 나라는 그만큼 차원문 폭풍에 골머리를 앓아야 했다.

사람이 없는 곳에 나타난 놈은 비교적 나았지만, 그렇다고 해서 그놈을 내버려 둘 수 있는 건 아니었다. 내버려 두면 어디로 이동할지 몰랐으니까. 인구 밀집 지역에 나타난 놈부터 처리를 먼저 하고 처리를 할 수밖에 없었다.

"덕분에 데이터는 많이 쌓이고 있습니다만……."

"데이터요?"

"본 적도 없는 몬스터들이 튀어나오고 있습니다. 아마 아직 발을 못 디딘 곳에서 나온 놈들이겠죠. 이놈은 '불꽃거북이'라는 이름이 붙은 놈인데, 함흥시 외곽에서 나온 놈입니다. 화염이나 폭발에 완전히 면역이 있는 놈이라 정말 애를 먹었죠. 중국 쪽 빙결 능력자들까지 불러서 잡았으니……."

"중국이 협조를 해줬어요?"

"놈이 북쪽으로 올라가기 시작했거든요. 국경 쪽에서 저희도 도와준 적이 몇 번 있고요."

"그래도 가만히 있을 수는 없죠."

"팀장님……."

"큰 힘에는 큰 책임이 따르지 않습니까? 다른 초능력자들은 시민의 안전을 지키겠다고 밤낮으로 일하고 있는데 제가 쉬고 있을 수는 없죠."

뒤에서 듣던 샤이나가 입을 벌렸다.

'내가 안 본 사이에 무슨 약 한 거 아니지?'

"팀장님!"

남자는 감격한 표정으로 수현을 쳐다보았다. 마법사에 대한 소문은 파다하게 퍼졌지만, 이렇게 봉사 정신과 애국심이 투철한 사람인지는 몰랐다.

"가까운 곳에서 교통편을 준비한 채로 일하면 긴급 상황에도 바로 대응할 수 있을 겁니다."

"알겠습니다! 저희도 최선을 다해서 도와드리겠습니다."

남자가 나가고 둘만 남자 샤이나가 속삭였다.

"나 설명 좀 해줄래?"

"물 들어올 때 노 저어야지. 게다가 인기 얻으려고 애쓰는 놈이 있는 상황에서는 더더욱."

이번 일이 이중영과 상관있다고 생각되지는 않았다. 그에게 그런 능력이 있었다면 애초에 부대 몇 개로 권력을 얻으려고 애쓰지도 않았을 것이다.

그러나 이 상황이 그에게 호재라는 건 분명했다. 부대를 이끌고 몬스터들을 처리하면 처리할수록 그에게는 명성이 따라붙었다. 재난 상황은 언제나 정치인을 어필하기 좋은 자리였다.

'미안하지만 이중영, 영웅은 나한테 더 어울린다.'

한쪽은 부대를 전면에서 이끌지 못하는 지휘관. 다른 한쪽은 현장에서 뛰는 화려한 마법사. 둘이 같은 걸 해내도 이목은 후자에게 가기 쉬웠다. 아무리 언론에게 돈을 주고 부탁을 해대도 세상에는 안 되는 게 있는 법이었다.

"그래서 자원봉사를 하겠다고?"

"자원봉사는 아니고, 알아서 줄걸……. 그나저나 못 본 몬스터들이 나오는 게 신경 쓰이는군. 긴장 좀 해야겠다."

"만약에 말이야, 여기서 계속 몬스터가 나온다면…… 카메론으로 못 돌아가는 거야?"

그 질문을 들은 수현의 표정이 굳었다. 생각해 보니 이건 심각한 문제였다. 지금이 일시적인 소동인 경우 전부 처리하고 나면 가라앉겠지만, 계속 차원문이 터져 나간다면…….

"……그건 일단 지금 생각하지 말자."

"팀장님, 팀원들은 해당 지역에서 합류하기로 했습니다. 따라오십시오. 헬기가 준비되었습니다."

"헬기?"

샤이나가 별로 타고 싶지 않다는 표정을 지었다. 카메론은 지구와 별 차이 없는 문명을 갖고 있었지만, 한 가지 차이점이 있다면 그건 공중이었다. 온갖 비행 몬스터의 위험에 노출되어 있어서 쉽게 날 수가 없는 것이다.

"그거 날 수 있는 거 맞아? 어떻게 쇳덩어리가……."

"자자, 촌놈처럼 그러지 말고."

"너까지 촌놈이라고 할 거야?!"

샤이나는 투덜거리면서 수현의 뒤를 따랐다. 지하왕국의 다크 엘프들한테 촌놈 취급받은 게 아직도 마음에 남아 있었던 모양이었다.

"다시 민니니 좋군. 지구는 잘 즐겼나?"

"카메론 공기에 비하면 좀 독하지만 즐겁네요. 몬스터만 없으면 더 즐거울 텐데."

그들은 지금 평성시로 들어가는 도로 안에 있었다. 원래는 북한에 소속되어 있던 도시로, 평양 게이트 사건 이후로 눈부시게 발전한 도시였다.

물론 지금은……

"저거 위로 솟구치는 거 뭡니까?"

"오우거가 건물 던지나 보네."

저 멀리 도심에서 큰 덩어리가 솟구치는데도 대원 중 아무도 놀라지 않았다. 팀에 참여한 지 얼마 안 되는 곽현태만 움찔할 뿐이었다.

'이 인간들은 대체 간덩어리가 얼마나 큰 거야?'

"설마 트윈헤드는 아니죠? 아니라고 해주세요."

"걱정 마. 대가리는 하나래."

"다행이다."

오우거를 두고 다행이라고 하는 용병은 많지 않았다.

이번 오우거 전부터 도시 내에서 차원문이 터졌기에 시내는 이미 대피 명령이 내려져 있었다.

"해야 할 일은 간단하다. 오우거 처리하고, 대기하고 있는 헬기에 타서, 평양으로 가서 다른 몬스터가 나오지 않도록 기도하자고."

"제니퍼 씨는 어디 갔습니까?"

"걔는 오자마자 미국행 비행기 탔지."

제니퍼도 블루베어의 팀장인 만큼 책임에서 벗어날 수 없었다. 그녀는 바로 워싱턴행 비행기에 탑승해서 미국으로 떠났다.

"지하에 뭐 있었습니까?"

"생각보다 더 대단하던데. 이제까지 본 이종족 도시 중에서 가장 굉장했어. 거기서 그러고 사는 이유는 좀 이상했지만……."

루이릴이 그 소리를 듣더니 귀를 쫑긋거렸다.

"정말로? 다음에 갈 때 같이 가도 괜찮아?"

"일단 간신히 이야기해서 통행 허가받아 놨는데…… 젠장. 일이 꼬여 버렸어. 이렇게 되면 다음에 언제 들어갈 수 있을지 모르겠군. 잠깐, 넌 그런데 왜 여기 있냐?"

"……."

루이릴이 작은 손으로 주먹을 움켜쥐고 수현의 멱살을 잡으려 들었다.

"아니, 에이다와 에렌딜하고 같이 마을에 남은 줄 알았지. 둘이 급한 상황이라 같이 데리고 갔다면서?"

"두고 왔어! 기껏 도와주려고 했는데, 뭐? 마을에 남은 줄 알아?! 너 진짜 이럴래?!"

"미안, 미안."

"두 분…… 대화는 좋은데, 저기 도로 위에 오우거가 서 있는 것 같은데요."

"발부터 막자. 차창 열고 접근해. 인규, 저주 준비됐나?"

"예!"

"저주 걸고. 구중철은 만약의 사태가 터지면 바로 튀어 나가라. 나머지는 평소처럼 간다."

수현은 오우거 주변에서 일렁거리는 기운을 보고 눈살을 찌푸렸다. 지구에서 오랜 시간을 잡아먹는 건 그가 원하는 바가 아니었다.

하지만 이렇게 계속 강력한 몬스터가 곳곳에서 튀어나온다면…… 인류는 카메론 개척을 할 수가 없었다.

여기 남아서 부와 명예를 얻는 것도 나쁘지는 않았지만 결국 수현은 카메론의 사람이었다. 그가 원하는 건 모두 카메론에 있었다.

"저 오우거 새끼는 안 지치냐?!"

"몬스터한테, 언제 지치는 걸 묻는 것보단, 그냥, 지원이 언제 오냐 물어봐!"

오우거는 생각보다 빠르고 끈질겼다. 놈은 자기한테 불을 던진 인간을 잊지 않았다. 게다가 놈은 길을 이해하는 교활한 지능까지 갖고 있었다. 용병들이 빠져나갈 것 같은 길목에는 일단 장애물을 던지고 봤다.

덕분에 그들은 아직까지도 쫓기고 있었다.

"보냈다는데?"

"다시 물어! 5분 안에 안 보내주면 도시에 불 지른다 그래!"

쾅!

"뭐야?! 시X, 뭐야?!"

"놈이 넘어졌어!"

"뭐? 넘어졌다고?"

멀리서 보니 오우거가 비틀거리며 일어나지를 못하고 있었다. 상처 하나 없는데도.

"……?"

그러는 동안 수현의 팀은 놈에게 접근했다.

"이번에는 광폭화 안 걸었지?"

"혼동 제대로 걸었습니다!"

강인규는 자신감 있는 태도로 소리쳤다.

"좋아, 그러면……."

"바로 공격에 들어갈까요?"

"아니, 하나 확인 좀 해보려고. 내가 신호하면 폭탄 좀 터뜨려 봐."

"폭탄이요? 그걸로는 흠집 하나 안 갈 텐데요."

오우거의 방어력은 유명했다. 특히 일반 물리 공격에 대해서는 더더욱.

수현은 아랑곳하지 않고 최지은에게 받은 권총을 꺼내 들었다. 분쇄기는 강력한 아티팩트였다. 초능력을 상쇄시키는 초능력은 쉽게 구할 수 있는 게 아니었다.

"지금."

콰콰쾅!

정성재는 어리둥절해했지만 수현이 하라고 하니 일단 하라는 대로 했다. 그의 말을 들어서 손해를 본 적은 없었으니까.

전투공병 출신인 만큼 이런 데에는 도가 텄다.

드론이 날아가고 거기에 실려 있던 폭탄이 일제히 폭발했다.

ㅡ크허어엉!

혼란에 빠진 오우거는 제대로 얼굴을 가리지도 못했다. 폭발이 사라지고 나자 오우거의 얼굴은 흉측하게 찢어져 있었다.

'역시…… 몬스터의 방어에도 통하는군.'

타고난 조직 구조를 가졌기에 공격을 버틸 수도 있었지만, 그렇다고 보기에 몇몇 몬스터는 지나치게 방어력이 강했다. 수현은 아마 초능력과 관련된 요소가 있을 거라고 추측했다.

그의 추측대로 분쇄기를 맞은 오우거는 방어력이 상당히 약해졌다.

퍽!

독이 섞인 관통 공격이 오우거의 양어깨를 뚫고 지나갔다. 그걸 본 김창식이 물었다.

"그런데 굳이 폭탄을 쓸 이유가 있었습니까? 팀장님 정도면 그냥 쓰러뜨릴 수 있었을 것 같은데요."

"앞으로 처음 보는 놈도 상대해야 할지 모르니까 가능할 때 이것저것 실험해 보는 거지. 처음 보는 놈한테 이런 짓을 할 수는 없잖아?"

오우거를 상대로 실험을 한다는 말에 곽현태는 질린 표정을 지었다. 다들 간이 이상할 정도로 컸지만 아무리 생각해도 수현의 간과는 비교되지 않았다.

─크르륵…… 크르륵……!

"일어나면 귀찮아진다. 가까이 붙여라. 한 방에 끝내자."

"예."

저주와 독, 폭탄으로 인한 부상까지 입었음에도 오우거는 끈질기게 버티며 일어서려고 했다. 경이로운 생명력이었다.

그러나 수현은 반격할 틈을 주지 않았다. 바로 오우거의 미간에 에너지 창을 꽂아버렸다. 칼로 부드러운 두부를 자르는 것처럼 에너지 창은 오우거의 가죽을 뚫고 관통해 버렸다.

멀리서 달아나던 용병들은 눈을 비볐다. 오우거가 저렇게 쉽게 사냥당하는 건 상상도 못 한 일이었다.

"죽었지?"

"죽은 척을 하는 게 아니고, 뇌가 하나 더 있는 게 아니면 죽었겠지?"

대원들이 즉사한 오우거의 사체를 확인하고 있는 동안, 수현은 저 멀리서 쭈뼛거리고 있는 용병들을 향해 손짓했다. 가까이 다가온 용병들은 그제야 수현의 얼굴을 알아봤다.

'김수현!'

"오우거 발 붙잡아 놓느라 고생 많았습니다. 보상은 정부 쪽에서 지급해 줄 거고, 사체는 지금 좀 가져가시죠."

"예?"

용병들은 지금 그들이 들은 소리를 이해하지 못해서 고개를 갸웃거렸다. 그들이 오우거의 발을 붙잡다니. 죽기 싫어서 도망친 게 발을 붙잡은 거였다면, 드래곤 슬레이어 작전도 드래곤의 발을 붙잡은 작전이라고 할 수 있었다.

"저희는…… 한 게 없는데요?"

용병 하나가 친구의 옆구리를 찔렀다. 왜 괜한 소리를 하냐는 소리였다.

"멍청한 새끼야, 나중에 들키기라도 하면 네가 무사할 거 같냐? 그냥 지금 사실대로 말하는 게 나아."

상대는 속여도 될 만한 사람이 아니었다. 마음만 먹는다면 직접 나서지 않아도 충분히 그들을 엿 먹일 수 있는 사람이었다. 친구의 말에 상황을 깨달은 용병도 다소곳한 태도로 바뀌었다.

"그, 그렇습니다. 저희 별로 한 거 없습니다."

통신 기록을 뒤져 보면 그들이 발을 묶기는커녕 질질 짜며 도망쳤다는 게 나올 것이다.

"한 게 없기는요. 여러분이 아니었다면 도시의 피해가 더 커졌을 겁니다."

그 말에 용병들은 순간 어이없다는 표정으로 뒤의 도시를 쳐다보았다. 이미 몇 차례 몬스터가 날뛴 덕분에 도시는 폭격이라도 맞은 것처럼 어수선해져 있었던 것이다.

"오우거도 밖으로 나왔을 수도 있고…… 충분히 제 일 하셨습니다. 그래서, 사체 나눠 가지기 싫으십니까?"

"예? 아닙니다! 갖고 싶습니다!"

다른 놈이면 모를까 오우거의 사체는 아직도 같은 값의 금처럼 거래가 되는 귀중품이었다.

용병들은 뛸 듯이 기뻐했다. 그들은 수현과 한 명씩 악수를 하더니(초능력자는 사인이라도 받을 기세였다) 연신 꾸벅거리며 돌아갔다.

그걸 본 김창식이 황당하다는 듯이 물었다.

"약점 잡혔습니까?!"

"……일차원적인 놈. 너희들도 다 잘해줘라. 괜히 잘나간다고 다른 용병들한테 시비 걸지 말고. 인성을 갈고닦으라고."

대원들은 단체로 입을 벌렸다. 일단 그들은 용병이었다. 그런데 인성을 갈고닦으라니.

"엉클 조 컴퍼니 하면 용병들이 '아, 그 잘나가는 놈들' 하고 시기하게 만드는 게 아니라, 동경하고 존경하게 만들라 이겁니까?"

"눈치가 빠르군. 그래, 그 말이다. 모두 곽현태한테 박수!"

"……."

대원들이 박수를 쳐 주자 곽현태는 도저히 적응하지 못하겠다는 표정으로 고개를 저었다.

그 뒤로도 수현은 바쁘게 일했다. 조금이라도 강하거나 위험할 것 같은 몬스터가 한국 영토 내에 등장하면 바로 이동해서 놈을 사냥했다.

연신 새로운 소식이 터져 나오던 뉴스에서도 그들의 이름은 사라지지 않을 정도였다.

자잘한 지원은 두 자릿수가 넘어가고, 단독 사냥은 일곱

번. 상당히 높은 페이스였다. 마법사의 피로를 걱정한 정부는 일단 더 중요한 상황을 대비해 그들을 쉬게 했다.

수현이 아무리 초인이라고 해도 그는 결국 인간이었고, 긴장의 끈이 끊어지면 언제 실수를 할지 모르는 법이었으니까.

"아이고, 죽겠다……."

"이 짓 언제까지 해야 합니까? 카메론으로 돌아가고 싶어!"

"뭘 돌아가, 인마. 지구 출신이. 그리고 난 기분 좋더라. 카메론에서는 이렇게 영웅 취급받았던 적이 없었잖아."

"그건 그렇지."

카메론에서 그들은 철저히 사업자였다. 그들 같은 용병들은 차고 넘쳤던 것이다. 그러나 지구에서는 랩터 하나만 잡아도 사람들이 영웅 취급을 해줬다. 자연스럽게 어깨에 힘이 들어갔다.

"좋은 소식과 나쁜 소식이 있다."

방에 들어온 수현이 그렇게 말하자 모두의 시선이 수현에게 쏠렸다.

"뭐부터 들을래?"

"나쁜 소식부터 듣고 싶습니다!"

"안 돼. 좋은 소식부터 들어."

"……"

"좋은 소식은, 지금 터지고 있는 차원문 숫자가 조금씩 줄고 있다는 소식이다. 통계를 내보니 숫자가 빠르게 줄고 있다더군."

"어…… 뭐가 좋은 겁니까?"

"여기서 계속 터지면 우린 카메론으로 못 가잖아. 사람들이 가게 내버려 두겠냐?"

"아, 그런 건가."

대원들은 자기들끼리 이야기하고 납득했다.

"소란이 가라앉는다는 보장은 없지만, 일단은 가라앉는다고 생각하자."

"만약 그렇지 않으면요?"

"그러면 그때 가서 다른 방법을 생각해야겠지."

"나쁜 소식은 뭡니까?"

"미국 정부가 도움을 요청했다. 한국 정부는 내 의사를 물어봤고, 나는 가기로 결정했다."

"그게 왜 나쁜 소식입니까?"

"연말에 처음 보는 몬스터와 드잡이질을 해야 하니까. 즐거운 연말이 될 것 같군."

"팀장님, 말씀드리기 전에, 이건 절대 자만하는 게 아니라……."

"말해봐."

"저희가 빠르게 잡으면 도시에서 휴가를 즐길 수 있지 않겠습니까? 아무리 정부가 급하더라도 기껏 거기까지 가서 싸워줬는데 바로 부르지는 않겠죠?"

수현은 질문에 씩 웃었다.

"첫 번째로, 정부는 그 정도로 급하다."

"젠장."

"두 번째로, 도시에서 휴가는 즐길 수 있을 거다."

"장소가 어딘데요?"

"모하비 사막. 정확히 말하자면 국립보호지역이다."

"모하비? 거기가 어디지?"

김창식의 눈빛이 반짝였다.

"모하비면…… 라스베이거스 있는 곳 아닙니까?!"

"그런 데서는 눈치가 빨라요. 도시에서 하루 이틀 보내는 건 잘하면 가능할지도 모른다. 물론 몬스터를 빨리 잡으면."

"오오!"

이야기를 듣던 곽현태가 뭔가 이상하다는 걸 발견했다.

"팀장님, 잠깐만요. 지금 각국은 전력을 다해서 몬스터를 막고 있잖습니까?"

"그렇지."

"초능력자를 가능하면 외부로 안 보내려고 하고요. 그리고 팀장님은 초능력자 중의 초능력자잖습니까. 미국 쪽에서 섭외하려면 정말 만만치 않은 대가가 필요했을 텐데요."

"잘 아는군."

"그런 대가를 치러가면서 부를 정도의 몬스터면…… 빨리 잡을 수 있을 리가 없지 않습니까?"

곽현태의 말에 상황을 깨달은 대원들의 표정이 시무룩해졌다.

"그래, 눈치가 빠르군. 박수?"

"아니, 괜찮습니다."

"모두 준비하도록. 3시간 후에 출발한다."

라스베이거스가 뭔지 모르는 루이릴은 고개를 갸웃거리며 물었다.

"라스베이거스가 뭐야?"

"어…… 그러니까. 평양 암시장 쪽에서 도박장 같은 곳 있잖아."

"응."

"그런 곳을 모아놓은 도시야."

루이릴의 눈빛이 강렬하게 반짝였다. 그걸 본 수현은 냉정하게 말했다.

"넌 거기 가면 나와 붙어서 다녀야 해."

"……."

미국 정부가 수현을 대여하기 위해서는 정말 막대한 희생을 치러야 했다. 시간당 나가는 몸값에 비교해서 관련자들 사이에서는 '미국이 이제까지 보유했던 무기 중 핵을 제외하면 가장 비싼 무기 아니냐'라는 비아냥거림이 나올 정도로.

그러나 수현의 필요성을 부정하는 사람은 아무도 없었다. 그만큼 상황이 아슬아슬했던 것이다.

지금은 사막의 모래 속에 잠들어 있었지만, 놈이 깨어나서 다른 곳으로 이동한다면 대참사가 일어날 수 있었다.

마법사로 각성하고 나서 공개적으로 드러난 수현의 행적을 봤을 때, 수현이 처치하지 못하는 몬스터는 사실상 현 인류가 건드릴 수 없다고 봐야 했다.

"모하비 모래괴물. 놈에게 붙은 이름입니다. 카메론에서 발견된 적 없는 타입의 몬스터라 어떻게 상대해야 할지 아직 방법이 잡히지 않았습니다."

"이제까지 어떤 식으로 공격했나?"

"화염 계열은 먹히지도 않고, 물리 공격에는 면역이나 다름없습니다. 공중 폭격은 세 차례, 포격은 수십 번이 넘게 들어갔지만 놈은 그냥 땅속으로 들어가 버리더군요."

모래괴물이라는 별명이 붙은 것답게 몬스터는 끈질긴 생

명력을 갖고 있었다. 설명을 들은 수현은 싸움이 오래갈 것을 직감했다. 가장 귀찮은 타입 중 하나였다.

모래괴물은 아이스 드래곤처럼 모래로 이루어진, 부정형 타입의 몬스터였다.

오우거 같은 놈은 아무리 강력해도 피와 살과 뼈로 이루어진 몬스터였고, 계속 공격하고 때리다 보면 잡을 수 있었다. 그러나 저런 부정형 몬스터는 언제 어떻게 죽을지 파악하는 게 불가능했다.

"모래로 됐고, 땅으로 들어갈 수 있고. 다른 곳으로 이동은?"

"아직 낌새가 없습니다. 물을 다루는 초능력자들이 모여서 공격을 시도했지만 조금만 위험해 보여도 지하로 들어가서 피해 버리더군요."

"겁도 많고……. 생각처럼 포악하지는 않나 보군."

몬스터 중에서는 곧 죽더라도 도망치지 않는 놈이 몇몇 있었다.

"가용 가능한 초능력자들은?"

"현재 바로 쓸 수 있는 팀은 17개입니다. 총 207명이고, 전력이 필요하시다면 곧바로 조달 가능합니다."

수현은 휘파람을 불었다. 미국 정부가 워낙 비싸게 그를 데려왔기에 처음에는 텃세나 그런 걸 예상했었다. 지원을 한정적으로 해주면서 결과를 내라는 압박 같은 것들.

그러나 이 정도면 거의 전폭적인 지원이었다. 게다가 명령권을 그에게 주다니.

'어지간히 급한가 보군. 아마 그 정도까지는 아닌 것 같은데.'

현재 미국 정부가 당황하는 이유는 짐작이 갔다. 저 모래 괴물이 지하를 타고 다른 곳으로 이동할 수 있기 때문이었다. 저 정도 덩치에, 저런 타입 몬스터가 도시를 덮치면 그날로 대재앙이 펼쳐졌다.

그러나 수현은 느낄 수 있었다. 저놈은 다른 곳으로 이동하지 않는 게 아니었다. 이동하지 못하는 것이었다.

'제한된 곳을 빙글빙글……. 다른 곳으로 튈 놈 같지는 않은데.'

"잠깐, 저 헬기는 뭐지?"

"아, 먹이를 뿌리고 있습니다."

"먹이?"

"예, 몬스터 분석학자들이 낸 의견입니다. 놈의 배를 부르게 해서 다른 곳으로 움직이는 것을 막자고……."

수현은 헛웃음을 터뜨렸다.

"몰이사냥은 그렇게 하는 게 아니지."

물론 정말 긴급한 상황이라면 저렇게 할 수도 있었지만, 그건 어디까지나 시간 벌이에 불과했다. 게다가 다른 곳으로 움직일 수도 없는 놈에게 겁을 먹어서 먹이를 바치다니.

"예?"

"내가 몰이사냥을 어떻게 하는지 보여주지. 그보다 여기 상공은 왜 이렇게 헬기가 많아? 저건 또 뭐야?"

"저건…… 블루베어 측 헬기인데요."

수현은 눈살을 찌푸리고 시야를 집중했다. 멀리서 제니퍼가 손을 흔들고 있었다.

"정말 먹이를 안 줘도 될까? 괜히 다른 곳이라도 가면?"

"원래 부정형 타입은 이동하는 경우가 적어. 애초에 놈을 잡으려면 놈을 아쉽게 만들고 놈이 바깥으로 나오게 만들어야지. 먹이를 주면 놈이 아쉬울 게 없잖아."

"이 주변엔 야생동물들이 있어서 먹이를 주지 않더라도 돌아다니면서 나올 겁니다."

학자들은 바보가 아니었다. 모래괴물이 돌아다니면서 먹이를 찾는 것보다는 한곳에 계속 배부르게 있는 게 차라리 낫다고 생각한 것이다.

"나올 때마다 못 먹게 해야지."

"예? 그걸 어떻게 찾습니까?"

"차원문도 추적하면서 놈 하나 못 쫓나? 미국 기술이 그거

밖에 안 돼?"

"차원문은 워낙 에너지 파장이 독특해서…… 놈은 열도 없고 모래와 사실상 차이가 없습니다."

"저쪽으로. 속도 올려!"

"……?"

수현의 말에 의아해했지만 조종사는 하라는 대로 했다. 누구 명령인데 어기겠는가.

"로드러너네?"

땅을 빠르게 달리는 새로, 모하비 사막에서 흔하게 볼 수 있는 놈이었다. 수현은 염동력으로 놈을 허공 높이 들어 올렸다.

"???"

푸확!

방금까지 놈이 있던 자리를 모래가 솟구치더니 덮쳐 버렸다. 졸지에 허공에 뜬 로드러너는 당황해서 파닥거렸다.

"그래, 굶주리면 이렇게 되지."

퍼퍼퍼퍽!

수현은 아끼지 않고 공격을 퍼부어 댔다. 아무리 부정형이라고 해도 수현 정도의 공격엔 타격을 입을 수밖에 없었다.

독이 안으로 들어오자 모래괴물은 요동치며 다시 땅속으로 파고들었다.

"어떻게 찾아낸 겁니까?!"

"경험과 감으로. 다시 올라가서 대기하자."

몬스터나 초능력자 주변의 기운이 보이게 된 걸 이렇게 쓸 수 있을지는 몰랐다. 모래괴물이 솟구칠 때마다 그 주변 땅에서 기운이 솟구쳤다. 마치 색이 변하는 것처럼.

허공에서 봐도 보일 정도였으니 모래괴물은 나올 때마다 수현에게 먼저 들킬 수밖에 없었다.

카메론에서는 이런 게 불가능했다. 공중에 뜨는 순간 온갖 몬스터가 날아올 테니까.

'3일 정도 굶주리게 했는데 저거 하나 잡겠다고 나오다니. 생각보다 굶주림에 약한 놈이군.'

"으, 으으……."

루이릴과 샤이나가 눈을 질끈 감고 수현의 허리를 붙잡고 있었다. 수현은 그걸 보고 한숨을 쉬었다. 어떻게든 적응을 시키려고 했는데 이걸 보니 불가능할 것 같았다.

"기지에 두고 와야겠군."

수현은 모래괴물이 나올 때마다 놈을 몰아붙였다. 쓸 수 있는 패는 수두룩했다. 미국 쪽 초능력자들이 백 명 단위로 있었으니 그가 조금 지칠 거 같다 싶으면 바로 지시를 하면 됐다.

'이거 진짜 편한데?'

공중을 장악했다는 이유 하나만으로 사냥이 이렇게 쉬워질 거라고는 수현도 예상하지 못했다.

모래괴물 같은 부정형 몬스터는 끈질기고 특수 능력이 귀찮아서 상대하기 까다로운 것이지, 이기지 못할 거라고 생각한 건 아니었지만…….

그러나 수현의 지시를 받는 다른 초능력자들은 귀신에 홀린 것 같은 표정이었다. 지하 깊숙이 잠수를 하는 몬스터를 어떻게 찾고 쫓는지를 알 수 없었다.

"동쪽으로 방향 돌리고…… 잠깐, 이 주변은 왜 이렇게 헬기가 많아? 저건 또 뭐야?"

수현은 지금 작전용으로 돌아가고 있는 헬기와 명백하게 다른 겉모습을 가진 헬기를 보고 눈살을 찌푸렸다.

"어…… 방송사 헬기 같습니다만."

"방송사?"

남자는 수현의 목소리가 한 톤 내려가자 긴장한 것 같았다.

"아마 사냥을 촬영하려는 것 아닌지…….”

평양에 차원문이 생기고, 카메론으로 인류가 발을 내디뎠을 때부터 지구는 카메론에 관심이 많았다. 딱히 경제적인 이유가 아니더라도 말이다.

카메론은 지구에 새로 생겨난 개척지였고 지구 사람들은 카메론에 무엇이 있을지, 거기에 간 사람들은 어떻게 지내는지 궁금해했다. 카메론의 용병들이 목숨을 걸고 싸우는 모습은 그 자체만으로 완벽한 컨텐츠였다.

실제로 카메론이 나온 다음부터 행성을 개척하는 영화는 나오지 않게 되었다. 아무리 화려하고 웅장한 영화를 만들어도 실제 현실과는 비교도 되지 않았으니까.

문제는 카메론의 현황을 찍는 게 생각보다 어렵다는 점이었다. 안전한 도시야 찍을 수 있었지만 그건 100년이 넘는 동안 수많은 사람이 시도했던 일이고, 지구 사람들도 이제 차원문 주변의 도시 정도는 뭐가 있는지 가 보지 않아도 다 알고 있었다.

그렇다면 용병들을 따라다니면서 몬스터 사냥을 촬영해야 한다는 점인데, 지구의 다큐멘터리와 달리 카메론에서는 진짜로 죽을 가능성이 매우 컸다.

게다가 용병들도 그런 걸 좋아하지 않았다. 미신 때문이었는데, 촬영 팀이 붙으면 재수가 없다는 미신이었다. 22세기에 그런 걸 믿는 것도 웃겼지만 목숨을 걸고 싸우는 이들이었기에 아무도 비웃을 수 없었다.

그런 상황에서 지구에 몬스터들이 나타난 것이다. 처음에는 모두가 당황해서 다른 생각을 할 여유가 없었지만, 조금 시간이 지나고 몬스터가 어떻게든 정리가 되자 다른 생각을 하는 사람들이 나왔다.

─몬스터를 쓰러뜨리는 걸 찍으면 돈이 되지 않을까?

사람들은 언제나 영웅을 좋아했다. 몬스터를 쓰러뜨리고 난 용병들이나 초능력자에게 관심이 몰리는 게 그 증거였다.

그러나 그 장면을 직접 찍는 간 큰 인간은 별로 없었다.

"뭐? 촬영? 미쳤냐?"

"저, 저한테 말하셔도……."

남자는 거의 울 것 같은 표정이었다. 수현은 저 멀리 'NAC'라는 마크가 새겨진 방송사 헬기들을 보며 어이가 없어서 헛웃음을 터뜨렸다. 카메론에서는 상상도 못 할 일이었다.

"연락 걸어서 꺼지라고 해."

"예? 저희가 그럴 권리는 없습니다만."

"있어. 저 새끼들이 자꾸 귀찮게 하면 거래고 뭐고 간에 난 돌아가 버릴 거거든. 미국 정부한테는 알아서 말 전하든가."

협박도 이렇게 무서운 협박이 없었다. 방송사 헬기 몇 대 지나간다고 바로 미국 정부가 나오다니. 남자는 고개를 끄덕이고서 바로 명령을 내렸다.

"빨리 치우라고 해, 이 새끼야! 네가 책임질 거 아니면!"

남자는 수현에게 받았던 갈굼을 그 밑에 푸는 것 같았다. 그러나 그럼에도 불구하고 방송사 헬기들은 사라지지 않았다.

수현은 분명 조종사와 눈이 마주친 것 같았다. 조종사는 씩 웃었다. 그 미소가 수현의 심기를 거슬렸다.


"헬기 치우라는데요?"

-개소리하지 말라 그래. 오늘 시청률은 우리가 톱이다! 내가 지금 시간당 돈 얼마 주는지 알고 있지? 반드시 찍어! 모래괴물 한 번 나올 때마다 돈이 쏟아져!

"경고하는데……."

-경고하면 어쩔 거야? 지들이 공격이라도 할 거야?

뻔뻔하게 나오자 어쩔 수가 없었다. 남자는 울상이 되어서 수현에게 상황을 말했다.

"가시면 안 됩니다! 가지 말아주세요!"

"아, 알겠어. 진정해. 진정하라고."

수현은 남자의 손에서 통신기를 뺏어서 직접 연락을 걸었다.

"좋은 말로 할 때 헬기 치워라."

－당신이 뭔데…….

콰콰콰쾅!

굵은 에너지 줄기가 헬기 옆을 스치고 지나갔다. 그 여파로 헬기가 빙글빙글 돌기 시작했다. 조종사는 간신히 균형을 되찾을 수 있었다.

"두 번 말 안 한다. 헬기 치워. 모래괴물한테 쏴야 할 공격이 너희 쪽으로 빗나가는 걸 보게 될 거야."

'이런 미친 새끼!'

헬기 안의 사람들은 경악했다. 김수현이 저렇게 막 나가는 놈일 줄은 몰랐다. 아는 사람들의 증언을 들었을 때는 '겸손한 인성과 투철한 책임감으로 무장한, 카메론의 최전선에 선 인류의 수호자' 같은 이미지였는데…….

물론 수현을 아는 사람들은 숫자가 적었다. 그리고 대부분 수현을 두려워하거나 수현을 좋아했으니 저런 좋은 평가가 나오는 것도 무리는 아니었다.

"진, 진짜 쏘지는 않겠지?"

"글쎄…… 카메론 놈들이잖아. 카메론 놈들은 뭘 할지 모른다고."

결국 목숨이 더 아까웠던 모양이었다. 헬기가 슬슬 주변을 벗어나는 것을 보고 수현은 중얼거렸다.

"파리 같은 놈들. 모래괴물 나온다. B-4로 초능력자들 보내자고."

몬스터도 학습 능력이 있었다. 나올 때마다 두들겨 맞자 모래괴물은 더 이상 나오지 않았다.

담당자는 곤란하다는 듯이 수현을 쳐다보았다.

"어떻게 할까요?"

"뭐가?"

"놈이 안 나오잖습니까. 일이 꼬인 거 아닌가요?"

"꼬이다니. 원래 이러려고 한 거였어."

"???"

"계속 몰아붙이다 보면 아무리 몬스터라도 겁을 먹고 안 나오게 되어 있어. 그때 먹이를 던져 주는 거지. 말했던 건 준비했나?"

계속 먹이를 먹지 못하고 굶주린 몬스터는 뻔히 보이는 함정에도 달려들 수밖에 없었다.

"예."

"내려보내. 놈이 나오는 걸 보자고."

통통하게 살이 오른 소 떼가 천천히 걷기 시작했다.

수현은 하품을 하며 아래를 내려다보았다. 놈의 기운이 점점 올라오고 있었다.

"5, 4, 3, 2, 1……."

통신기로 들리는 수현의 목소리에 초능력자들은 긴장한 표정으로 주먹을 움켜쥐었다.

작전이 시작되기 전에 수현은 그들에게 말했었다.

"이번에 올라오면 놈은 바로 내려가지 못할 거다. 그때를 노리고 공격을 퍼부어. 아끼지 말고."

모래괴물이 까다로운 건 조금만 위험해도 땅을 파고들어 간다는 점에 있었다. 놈을 막기 위해 수현이 오기 전에 수많은 초능력자가 시도했었다. 미국 쪽에도 초능력자는 많고 많았다.

하지만 놈의 움직임을 막는 건 불가능했다. 대지 계열 초능력을 사용해 발판을 굳혀도, 액체 조작 계열 초능력자들이 물을 퍼부어 동작을 굼뜨게 만들어도 놈은 바로 지하로 내려가 버렸다.

"나왔다!"

불쌍한 소 떼가 모래괴물에게 먹혔다. 그 순간 초능력자들은 약속이라도 한 것처럼 모든 초능력을 격발시켰다. 황무지 위에 화려한 초능력의 연격이 내달렸다. 방송사들이 봤다면 아쉬워서 눈물을 흘릴 장면이었다.

불꽃이 치고 번개가 튀기자 모래괴물은 당황한 듯 비틀거렸다. 놈은 바로 밑으로 내려가려고 시도했다. 수현은 망설이지 않고 분쇄기로 놈을 조준했다.

-!!!

모래괴물은 정말 놀란 것 같았다. 애처로운 몸놀림으로 땅을 퍽퍽 치자 모래가 흩날렸다. 그러나 몸은 흩어지지 않았다.

몸이 흩어지지도 않고, 지하로 내려갈 수도 없다면 놈은 그저 샌드백에 불과했다.

모래괴물은 애처로울 정도로 집중공격당했다. 놈 때문에 시달릴 대로 시달린 미국의 초능력자들은 이를 악물고 덤볐다.

모래가 사락거리며 흩어지는 소리가 들렸다. 놈은 죽을 때 비명 같은 걸 지르지 않았다. 한참을 두들겨 패던 초능력자들은 어리둥절해서 공격을 멈췄다.

"고생 많으셨습니다."

"다른 몬스터는 없습니까?"

"있다고 하더라도 저희가 김수현 씨를 보내겠습니까?"

고생한 수현에게 또 다른 고생을 시킬 수 없다는 뜻이었지만, 수현의 몸값을 생각해 보면 뼈가 있는 말이었다.

수현은 피식 웃으면서 손을 흔들었다. 그만 나가보라는 뜻이었다.

"가게 해주세요! 라스베이거스!"

"우리 내일 돌아간다. 급한 불 껐으니 이제 한국에 있어야지. 우리 없는 동안 문제 생기면 귀찮아져."

"아니, 그게 우리 탓도 아닌데……."

"사람들이 그렇게 생각하지 않으니 문제라는 겁니까?"

"그래, 영웅인 척을 할 때는 좀 끝까지 해줘야지."

"아무리 그래도 그렇지, 새해를 라스베이거스가 아닌 이런 기지의 안에서 보내야 한다니……."

"샴페인 있어, 샴페인."

"필요 없어, 인마!"

수현은 저 멀리 지평선을 쳐다보며 생각에 잠겼다.

이제 곧 서른 살이 된다. 그는 과연 제대로 달려오고 있었던 걸까?

사소한 실수 몇 가지를 빼면 제대로 달려오고 있었다고 생각했다. 그러나 이번 차원문 소동 때문에 생각이 바뀌었다.

미래가 확실히 바뀌었다.

드래곤을 만나고, 그가 마법사로 국제사회에서 인정을 받고, 갑자기 차원문이 열리고…….

이제 더 이상 그가 알던 시간 축이 아니었다. 수현은 눈을 감았다. 그는 예전의 그가 아니었다. 비교도 할 수 없을 정도로 강해졌지만…… 알 수 없는 미래는 언제나 불안한 법이었다. 강해지고 강해져도 충분하다 느껴지지 않았다.

인간 사이에서는 적이 없었지만 카메론은 언제나 상식을 벗어나는 괴물이 많았다. 게다가 인간 사이에서는 적이 없다고 해도 수현이 자유로운 건 아니었다. 사회는 가장 강력한 초능력자도 죽일 수 있는 힘이 있었다.

갑자기 카메론으로 돌아가고 싶어졌다. 여기서 계속 몬스터 청부업자로 지내고 싶지는 않았다.

"김수현 씨, 손님이 오셨습니다."

"누가요?"

"블루베어와 이클립스분들이…….."

그들은 미국 쪽에서도 유명했는지, 기지 책임자도 그들을 함부로 대하지 못하는 게 보였다. 곤란한 표정으로 쩔쩔매는 걸 보니 그들이 밖에서 난리를 치고 있다는 걸 알 수 있었다. 잭이나 제니퍼나 참을성이 많은 성격은 아니니 당연한 일이었다.

"들어오라고 하시죠."

쾅!

"소식 들었다! 그 모래괴물을 잡았다며? 아쉽군! 시카고만 아니었어도 내가 가서 잡았을 텐데!"

제니퍼는 그 말을 듣고 어깨를 으쓱거렸다. 그걸 본 잭이 으르렁거렸다.

"뭐 불만이라도 있냐?"

"글쎄? 잡지도 않은 걸 잡을 수 있다고 말하는 게 조금…… 자기과시?"

"싸울 거면 나가서 싸워."

수현의 말에 둘은 바로 입을 다물었다. 잭은 소파에 앉더니 입을 열었다.

"빌어먹을. 카메론에서 한참 좋았을 때 불려온 바람에…… 너도 꽤나 좋았을 때였다며? 그 왕국?"

수현은 제니퍼를 쳐다보았다. 제니퍼는 필사적으로 손을 흔들었다.

"내가 말한 게 아니야! 저 인간이 멋대로 뒤져서 보고서를 가져갔다고!"

"같은 나라 사람끼리 공유 좀 하자."

"개소리하고 있네."

잭은 갖고 온 위스키를 병째로 들이켜고서 말했다.

"빨리 돌아가야지. 여기서는 좀이 쑤셔 죽겠어. 건물 하나 부술 때마다 잔소리를 들어야 한다고."

"적성에 맞는 것 같던데. 저번에 사인해 주는 거 봤어."

"그, 그건 어린애가 해달라고 하니까 해준 거고!"

몬스터와 맞서 싸우는 초능력자들은 현대에 나타난 히어로나 마찬가지였다. 당연히 인기가 있을 수밖에 없었다.

"그보다 너, 방송사한테 협박했다며?"

"협박이 아니라 옆에 자꾸 있으면 실수로 맞힐 수도 있다고 한 거지."

"그 인간들이 열 받아서 난리 쳤다고. 나도 막 나가는 편이지만 좀 조심해."

"열 받아봤자지. 덤비고 싶으면 덤비라고 해. 넘어갈 생각은 조금도 없으니까."

"그럴 일은 없을걸. 그 인간들이 열 받은 만큼 다른 사람들도 열 받았거든."

"……?"

"뭐…… 찰스 회장이나, 널 불러온 높으신 분들이나…… 그런 분들 있잖아. 대노해 가지고 방송사에 협박을 했지. 회장은 광고 다 끊어버리기 싫으면 덮으라고 했고, 높으신 분들은…… 말 안 해도 알지?"

"고맙다고 전해줘."

"돌아가고 나면 나도 그 지하왕국 같이 들어가도 되나?"

"돌아가고 나서 생각하자고."

"아마 곧 돌아갈 수 있을걸?"

"……?"

수현은 잭을 쳐다보았다.

"이야기 못 들었나?"

"점점 차원문이 줄고 있다는 이야기? 그거 아직 확인된 게 아닌 걸로 알고 있는데."

"아니, 방금 연락 들었는데 정말 눈에 띄게 줄고 있다고 해. 한 달 안에 완전히 안정될 것 같다던데."

"완전히?"

"아, 물론 완전히라는 게 앞으로 아예 안 열린다는 건 아니지만 지금처럼 미친 듯이 쏟아져 나오는 것만 아니면 우리는 상관없지 않겠어? 안 그래도 지금 관련자들이 모두 로비에 나서고 있다고."

카메론에서 신나게 활동하다가 갑자기 지구로 끌려왔는데 모두가 행복한 건 아니었다. 이익 때문에라도 돌아가고 싶어하는 이는 많았다. 당연히 저런 로비가 나올 수밖에 없었다.

"이 폭풍이 가라앉고, 어쩌다가 한두 번 나오는 식으로 바뀌면 이렇게 다 지구에 있을 필요가 없어질 거야. 지구에도 초능력자는 많으니까."

모든 초능력자가 카메론에만 있는 건 아니었다. 그들 중에 지구로 돌아간 이도 꽤 있었다.

"우리는 적당히 기다렸다가 다시 카메론으로 가면 될 거라고."

"그랬으면 좋겠군."

만약 잭의 말이 사실이라면 그보다 더 좋을 게 없었다. 지구의 사람들에게 그들이 얼마나 가치 있는 존재인지를 확실하게 알리고 돌아가는 것이다. 그렇다면 그로 인해 소비되는 몇 개월 정도는 별로 아쉽지 않았다.

영원히 지구에 발목이 잡히는 게 아니라면 쏠쏠한 장사였다. 물론 차원문 폭풍이 가라앉는다는 가정하에서.

"너무 심각한 표정 짓지 마. 설사 가라앉지 않는다고 해도 여기 계속 있을 생각은 없으니까. 비행기를 탈취해서라도 게이트를 타고 가자고!"

"너 혼자 해라."

잭이 말해준 건 사실이었다. 뉴스에서도 희망찬 발표가 이어졌고 수현의 라인으로도 몇 가지 이야기가 전달되었다. 이 대로만 간다면 곧 돌아갈 수 있을 것이라고.

　－지구를 공포에 빠뜨렸던 차원문 발생이 점점 줄어들고 있다는 희망적인 결과가 나왔습니다. 전문가들은 마치 태양의 흑점이 주기적으로 폭발하는 것처럼 카메론의 차원문도 그럴 가능성이 있다고 발표를 했는데요. 박사님, 어떻게 생각하십니까?

　－에…… 그럴 가능성이…… 충분히 있습니다. 알다시피 차원문은 아직도 완전히 밝혀지지 않은 미지의 영역이죠. 그렇지만 백 년 넘게 없었던 일이 갑자기 일어났다가 차츰 줄어든다는 것은…… 이게 주기적인 현상의 시초가 될 가능성이 있다는 거죠.

"흠, 그렇다는데요?"

"저런 건 연구자나 관심을 가질 문제고, 나는 빨리 돌아갔으면 좋겠군. 안 그래도 지하왕국 이종족들이 날 수상하게 생각하고 있을 텐데……."

수현은 쓰게 입맛을 다셨다. 어찌 되었든 간에 바로 돌아오지 못한 건 돌아오지 못한 것이었다. 그들에게 가서 설명할 때 귀찮아질 건 사실이었다.

그러는 동안 홀로그램 영상에서는 아나운서와 게스트로 초대받은 박사의 대화가 이어지고 있었다.

-그렇다면 박사님, 주기적인 현상이라면 앞으로 이런 일이 다시 일어날 수 있다는 건가요?

아나운서의 표정에는 가벼운 공포가 엿보였다. 그러나 박사는 고개를 저었다.

-백 년 넘게 없었다가 열렸으니 자주 일어나지는 않을 겁니다. 게다가 이런 식의 차원문이 다발적으로 생겼다가 사라지는 건 막대한 에너지가 필요한데, 아무리 카메론이 신비한 곳이더라도 무에서 유를 창조하는 건 불가능하죠.

-그렇군요! 그나마 다행입니다. 감사합니다, 박사님. 이번 사태에서 수많은 영웅이 나왔는데요. 카메론의 개척자들이 없었다면 피해가 통제 불가능할 수준으로 커졌을 거라는 게 중론입니다.

"매스컴에서 너무 띄워주는 거 아닙니까?"

"띄워주면 좋은 거 아냐?"

"야, 세상에 공짜가 어딨다고 그래. 저렇게 띄워주는 건 그만큼 시킬 게 있어서 그러는 거라고."

"에이, 설마……."

"한번 영웅 만들어 놓으면 그다음은 얼마나 부려먹기 쉽겠냐? 무슨 일 생길 때마다 카메론에서 달려오고 싶어?"

대원들은 곽현태의 말을 듣고 몸을 부르르 떨었다. 확실히 그러고 싶지는 않았다.

"이번에야 처음이고 급하니까 보상을 다 챙겨준다지만 만약 계속 이어지면 법안 나온다. 보상 깎는 법안."

"그러면 반란 일어나지!"

－이번 사태가 효과적으로 진정되는 데에는 많은 사람의 헌신이 있었습니다. 특히 한국에는 다른 게이트 연합국에 없는 인재가 있었죠. 김수현 마법사……

크흠!

아나운서는 말하다가 웃음이 나왔는지 살짝 헛기침을 하려고 했다.

그걸 들은 수현이 떨떠름하게 물었다.

"마법사라는 호칭이 웃겨?"

"별로요?"

카메론에서는 언제나 쓰는 호칭이었기에 그다지 위화감을 느끼지 못했었는데, 지구에서는 아닌 모양이었다.

－……가 있었습니다. 미국의 네바다에서 나타난 모래괴물을 미군 병력과 협력해서 처치하기도 했는데요…….

"이중영이 피눈물 흘리겠네."

"이중영이 누구였죠?"

수현은 고개를 저었다. 차원문이 줄어든다는 소식에 가장
피눈물을 흘리고 있을 사람은 이중영이었다.

기껏 부대를 이끌고 동에 번쩍 서에 번쩍 몬스터들을 처리
하며 궂은일들을 하고 있었는데, 명성은 수현이 전부 가져가
버렸으니까.

앞으로 시간이 더 있으면 기회라도 있겠는데, 그나마 그것
도 기회가 없을 테니…….

*-일각에서는 김수현 마법사를 국보 지정해서 국내에 남겨야 한다는 말도*
*있었습니다. 아예 법안을…….*

"뭐, X발?!"

대원들이 전부 경악해서 화면을 쳐다보았다. 다행히 농담
으로 하는 말 같았지만, 듣는 사람들 입장에서는 농담으로
들리지 않았다. 자칫해서 통과라도 된다면 끔찍한 결과가 나
올 것이다.

사람들이야 당연히 좋아할 것이다. 언제라도 도움을 요청
할 수 있는 마법사가 지구에 있다면.

걱정과는 달리 그런 일은 일어나지 않았다. 일은 차례대로

진행되었다. 차원문은 점점 발생 빈도가 줄어들었고, 정부는 급하게 예산을 마련해 보상에 들어갔다.

사람들의 걱정도 점점 줄어들던 3월, 드디어 수현과 수현의 팀은 카메론으로 돌아갈 수 있게 되었다.

군데군데 박살 난 곳이 보이는 지구의 도시와 달리, 카메론은 멀쩡해 보였다.

그렇지만 변화는 분명히 있었다. 차원문 사고는 새로운 바람을 불러일으킨 것이다.

"이주하겠다는 사람들이 몰려오고 있다고? 왜? 카메론이 집값 싸고 공기 좋긴 하지만 그렇게 인기 좋은 곳은 아니었잖아?"

카메론에 살겠다고 오는 사람들은 꽤 있었지만, 그게 주류는 아니었다. 물론 오염된 지구의 환경보다는 몇 배 더 좋은 환경이었지만…… 몬스터가 있었던 것이다.

카메론의 도시에 사는 사람들은 몬스터에 익숙해져서 그런 것에 겁을 먹지는 않았다.

도시 주변의 군대도 있을뿐더러 도시 안으로 몬스터가 들어온 경우는 저번 일본의 가짜 차원문 폭발 소동 같은 걸 제외하면 거의 없다고 봐도 좋았던 것이다.

그러나 지구에 있던 사람들은 지레 겁을 먹곤 했다. 카메론으로 가면 몬스터가 하루 이틀 간격으로 쳐들어오는 게 아니냐는 질문을 진지하게 하는 사람들도 있었으니까.

"팀장님, 잘 생각해 보세요. 차원문이 이번에는 일단 가라앉기는 했지만 다음에 언제 생길지 모르잖습니까."

"그렇지?"

"차원문 소란에서 가장 안전한 곳이 어디겠습니까?"

"글쎄? 어디든 나타날 수 있으니…… 잘 모르겠는데."

"카메론이죠."

"……?"

"카메론에서는 갑자기 차원문이 열리더라도 몬스터가 나타날 일이 없잖습니까. 지구와 연결되어 봤자 지구에는 몬스터가 없으니까요."

"……!"

그렇다. 역설적으로 카메론의 개척도시가 가장 안전한 곳이 된 것이다.

몬스터의 위협이 있다지만 그건 사실을 알게 되면 별로 문제 되지 않았다. 도시 주변의 몬스터는 멸종된 것이나 다름없었고 군대부터 시작해서 용병, 초능력자들이 우글거렸으니까.

"집값 오르신 거 봤어요? 저랑 동욱이도 일단 집부터 샀습니다. 이거 보니까 한 일 년 안에 두 배로 뛸 것 같아요. 정부 쪽에서 이주민 제약 건다는 말도 나오던데요."

"이주민 제약을 건다고? 전에는 못 보내서 안달이더니."

카메론으로 가는 사람에게 세금 우대 혜택부터 시작해서 온갖 걸 약속하던 게 어제 일 같았는데, 갑자기 이렇게 일이 달라지니 헛웃음이 나왔다. 세상일이 급하게 바뀐다지만 이렇게 바뀌다니.

"안 돼!"

수현은 뒤에서 샤이나가 외치는 걸 보고 의아해서 뒤로 돌아섰다.

"뭐가 안 돼?"

"집값 오른다잖아!"

"그게 너랑 무슨 상관…… 아, 대저택?"

"지금 해둬야겠어."

"야, 지하왕국부터 가야지."

"어차피 몇 개월 늦은 상황인데 며칠 더 늦는다고 달라지는 건 없잖아!"

확실히 맞는 말이었다. 샤이나는 수현의 팔을 잡아끌었다.

'그러고 보니 대원들한테 물어보는 걸 까먹었었군.'

지하왕국과 관련된 일이 끝나고 주변 상황이 대충 정리되면 대원들에게 물어볼 생각이었다. 슬슬 은퇴할 생각이 없냐고.

수현이야 이클립스도 있고 원하면 어디서든지 인재를 데리고 올 수 있었으니, 사십 대를 바라보는 대원들을 억지로 데리고 다닐 생각은 없었다. 그들도 많이 벌었으니 은퇴해서 즐길 자격이 있었다.

"와, 진짜 사람 많아졌는데?"

샤이나는 신기하다는 듯이 거리의 사람들을 힐끔 쳐다보았다. 원래라면 이렇게 사람이 북적거리지는 않았는데, 이주민부터 시작해서 카메론의 평양이 어떤 곳인지 확인하려고 온 사람까지 아주 흘러넘칠 정도였다.

"다크 엘프다!"

"다크 엘프면 그…… 위험한 종족 아냐?"

"예전에나 그랬지 요즘은 아니래. 그 뭐시냐, 마법사라는 사람도 다크 엘프 데리고 다닌다며?"

"어? 그러면 저 다크 엘프가 그 다크 엘프 아냐?"

"어머, 저번에 우리 사돈네 도시에 나타난 몬스터 잡아준 게 그 사람들이라고 들었는데. 가서 감사 인사나 하고 올까?"

중년 여성들이 떠드는 소리를 들은 샤이나는 뭐라고 해야 할지 모르겠다는 표정으로 수현을 쳐다보았다. 분명 예전보다 나아졌긴 했는데…….

"뭐, 적어도 길거리에서 돌 던지는 놈은 없겠네."

"저게 더 신경 쓰여!"

⁂

샤이나와 같이 돌아다니면서 수현은 그녀가 과연 다크 엘프라는 걸 새삼스럽게 깨닫게 되었다. 그녀의 센스는 정말로…… 괴악했다.

"여기서부터 여기까지. 이게 내가 생각해 온 집 설계도야. 이런 식으로 만들어주면 될 거 같아."

"어…… 정말 이런 식으로 만들라고요?"

"왜? 뭐 문제라도 있어?"

"문제는 없습니다만……."

남자는 수현을 쳐다보았다. 도시에서 돌아다니는 다크 엘프는 흔하지 않았다.

둘이 들어오고 나서 조금 대화하고 나자 그들이 마법사와 다크 엘프 콤비라는 걸 바로 알 수 있었다.

'정말 이대로 해도 됩니까?'

'자기가 하고 싶다잖아.'

두 남자는 눈빛으로 대화를 나누었다.

"부지가 꽤나 많이 들 텐데, 평양 외곽의 여기 주변 부지를 이용한다고 하셨고…… 잠깐, 여긴 정부 소유 부지 아닙니까?"

"허락받았습니다."

남자는 수현의 말에 바로 상황을 이해했다.

그래, 저 인간은 마법사였지.

"얼마 정도 걸립니까?"

"원래 2개월 정도면 되는데, 이분이 제시한 게 워낙 특이해서…… 반년은 잡으셔야 할 것 같은데요?"

"뭐가 그렇게 길…… 읍읍!"

수현은 샤이나를 붙잡고 입을 막았다. 건설에서 대부분의 과정은 전부 다 자동화가 된 지 오래였다. 기간도 따라서 대폭 단축화되어 있었다. 그런데도 반년이라니. 샤이나가 제안한 게 얼마나 독특한지 알 수 있었다.

"비용은 어떻게 해드릴까요? 몇 가지 옵션이 있는데, 그거에 따라서 좀 깎아드릴 수 있습니다."

다른 사람이면 몰라도 수현은 VIP 중의 VIP니 친절을 베풀 이유가 있었다. 그러나 수현은 고개를 저었다.

"할인은 됐습니다. 최고로 해주시고, 지금 전액 지불하겠습니다."

남자의 입이 벌어지고, 허리가 자동으로 굽혀졌다.

밖으로 나오자 샤이나가 콧노래를 흥얼거렸다. 수현은 그걸 보고 어이없다는 듯이 물었다.

"그게 그렇게 좋아?"

"당연하지. 완성되면 오고 싶어 하는 다크 엘프들은 모조리 부를 거야."

"그 저택에……?"

수현은 떨떠름한 표정을 지었으나 뭐라고 말하지는 않았다. 어차피 그가 들어가서 살 건 아니었으니까.

"너도 지내고 싶으면 와도 돼!"

"됐어. 난 회사에 내 방 있거든?"

"그 삭막한 건물이 뭐가 좋다고."

"음…… 아무것도 아니다."

"루이릴이 완성된 걸 보면 어떤 반응을 보일지 정말 궁금한데. 그때까지는 비밀이야?"

수현이 생각해 보니 루이릴이 알아서 좋을 게 없었다. 저걸 봤다가는 자기도 짓겠다고 난리를 칠 것 같았으니까.

'아니, 오히려 비웃으려나?'

뭐든 간에 굳이 일을 빨리 만들 필요는 없었다. 수현은 고개를 끄덕였다.

귀찮은 건 모두 처리했다. 도시에서 무슨 일이 일어나든 그가 알 바 아니었다. 한시라도 빨리 지하왕국으로 돌아가 이종족들과 하던 거래를 마무리 짓고 싶었다.

# 58장
## 전조 II

−큰일이다.

"……?"

그러나 일은 간단히 끝나지 않았다. 수현은 그에게 연락이 온 것을 보고 눈살을 찌푸렸다. 우샹카이에게 무슨 일이 생겼을 경우 연락하기 위해 만든 통로였다.

"뭐가 큰일이라는 거지?"

−우리 쪽 분위기가 지금 심상치 않아! 너, 몸조심하는 게 좋을 거다. 다시 한번 너를 노릴 것 같다고.

우샹카이는 속삭이는 목소리로 다급하게 말했다.

지구에 차원문 대란이 터졌을 때, 중국도 병력을 대부분 귀환시켜서 불을 끄는 데 힘썼다.

그러나 생각보다 상황이 만만치 않았다.

중국이나 미국, 러시아는 인구가 한국보다 압도적으로 많으니 초능력자 수도 압도적으로 많을 거라고 생각하기 쉬웠지만, 생각보다 그렇게까지 압도적으로 차이가 나지는 않았다.

숫자가 많은 건 사실이었지만, 카메론으로 가는 인원의 한계는 분명 있었으니까. 그 차이로 메꾸기에 중국의 땅은 지나치게 넓고 복잡했다.

그리고 이번 사태로 중국은 단단히 혼이 나고서 교훈을 얻은 모양이었다. 독특하고 강력한 몬스터를 처리하는 데에는 1의 힘을 가진 100명의 초능력자보다 차라리 10의 힘을 가진 초능력자가 낫다고.

동시다발적으로 몬스터가 나타나는데 빠르게 처리하려면 소수 정예의 초능력자들이 있어야지, 어중간한 초능력자들을 많이 모아봤자 정말 강력한 놈이 나타나면 허사가 됐다.

들어보니 중국도 미국의 모래괴물 같은 사태가 몇 번 있었던 모양이었다. 그들은 수현을 부를 수도 없는 처지였으니 순위에 드는 초능력자들을 모으고, 기존 재래식 물리 병기 사용을 검토하고…… 하여튼 온갖 방법을 동원해서 간신히 막은 것 같았다.

우샹카이는 죽는 줄 알았다고 토로했다. 그만큼 정신이 없었던 모양이었다.

―어쨌든 그거 때문에 안에서 다시 이야기가 나왔다. 당의 초능력자 육성 정책을 다시 한번 고민해 봐야 한다고 이야기 나오고, 카메론 중앙개척부도 전체적으로 까이고…….

한마디로 한국은 저 김수현이라는 놈이 돌아다니면서 혼자 잘 사냥하고 다니는데, 너희들은 왜 그렇게 못하냐는 뜻이었다.

수현은 중국 쪽 초능력자들에게 애도를 표했다. 그들도 나름 열심히 일했을 텐데 날벼락 같은 일이었을 것이다.

"그래서 어떻게 결론이 났지?"

―당 회의에서 몇 가지 결론이 났다. 카메론 성(省)에 더욱더 집중적인 투자를 하고, 초능력자 전력을 기준치까지 끌어올리며, 가장 마지막으로…….

"……?"

―……마법사 보유다.

수현은 피식 웃었다. 마법사를 만들겠다니. 물론 이건 딱히 중국만 하는 생각이 아니었다. 러시아든 미국이든 마법사를 만들기 위해 온갖 투자를 하고 있다는 걸 잘 알고 있었다.

찰스 회장한테 온 접촉 중에서는 수현에 대한 분석으로 마법사에 대한 길을 찾아보려는 사람도 수두룩했으니까.

마치 핵무기 경쟁 같았다. 가장 처음 수현이 마법사가 되었으니 그 뒤로 어떻게든 후발 주자가 되려는.

그러나 지금, 지구에서 일어난 사태 때문에 사람들의 인식이 바뀌었다. 이제 더 이상 마법사 육성은 카메론 탐험을 위해서 필요한 게 아니었다. 본토에 무슨 일이 생겼을 때, 안전을 위해서 필요했다.

"헛된 꿈들을 꾸시는군. 그런데 그게 나와 무슨 상관이지? 내 머리카락이라도 뽑아가려고 하나?"

-우리도 강경파와 온건파가 있어. 위에서 까이고 나서 카메론 쪽 책임자들이 모여서 대책을 논의했거든. 온건파는 너를 어떻게든 섭외해서 친분을 만들자는 쪽이었지.

"와, 그런 놈들이 있어? 친하게 지내고 싶어지는데?"

수현은 살짝 놀랐다. 생각해 보니 중국이라고 모두 극단적인 과격주의자들만 있는 건 아니었다. 인원이 많은 만큼 다양한 사고방식과 생각을 가진 사람들이 있었다. 물론 그들이 안에서 힘을 쓸 수 있느냐는 둘째 문제였지만.

"물론 강경파가 이겼겠지?"

-……그래.

"그럴 줄 알았어. 안 그러면 중국이 아니지. 그래서, 강경파는 뭘 하자고 하나? 암살? 잠깐, 날 암살하는 거하고 마법사 전력을 만드는 거하고 뭔 상관이지?"

-당연히 암살은 아니지. 널 납치하자는 의견도 나왔었는

데 그건 너무 현실성이 없어서 기각되었고…….

수현은 헛웃음을 터뜨리려는 걸 참았다.

—아마 철저하게 분석으로 들어갈 거다. 어떻게든 개인적인 약점을 찾아내거나 포섭할 부분을 찾아서 이빨을 들이밀겠지.

"열심히 해보라고 해봐. 아마 통할 것 같지는 않지만. 그나저나 감동인데. 네가 이걸 나한테 먼저 말해주다니."

—이걸 말 안 하고 나중에 일이 일어난 다음에 말했다면 네가 가만히 있었겠냐!

"그건 그렇긴 해. 하지만 우샹카이, 네가 그런 거까지 세세하게 걱정하는 놈이 아니잖아?"

보이지 않음에도 불구하고 우샹카이가 움찔하는 게 느껴졌다.

—무, 무슨…… 나는 정말 걱정해서 연락한 거다!

"그래, 그래. 걱정이야 했겠지. 네가 거짓말할 만큼 배짱이 큰 놈은 아니니까. 다만 원하는 것도 있었겠지. 솔직하게 말해봐. 지금 뭘 노리나?"

우샹카이는 입맛을 다셨다. 수현이 눈앞에 없는데도 그에게 휘둘리는 느낌이었다.

—이번에 당에서 눈도장 좀 찍을 생각이었다.

"어떻게?"

―나 말고 다른 놈들이 다 실패하면 가만히 있어도 평가가 올라가니까.

"아아……."

수현은 무슨 소리인지 이해했다. 그래서 그를 대상으로 뭔가 일어나고 있다는 걸 바로 보고한 건가.

―우리도 마법사 관련으로 지시를 받기는 했지만 나는 자신 없다고 하고 나왔다. 다른 파벌 쪽은 자신 있게 알았다고 했으니 실패하면 욕 좀 보겠지!

현재 우샹카이는 카메론 성 인민 정부와 중앙개척부에 겹쳐진 부서에서 일하고 있었다. 어떤 건 공개적으로, 어떤 건 비공개적으로 하는 회색 위치였다. 여기서 실적을 쌓아 올리고 올려 더 높은 곳으로 가는 게 그의 꿈이었다.

중앙개척부장, 국무위원, 국무원 총리……. 카메론 출신 관료가 총리가 된 적은 한 번도 없었지만, 지금 쏟아지는 관심을 보면 그것도 불가능하지는 않을 것 같았다.

"너 지금 내 말 무시하냐?"

―헉!

망상에 빠져 있던 우샹카이는 수현의 얼음장 같은 목소리에 정신을 차렸다.

―아, 아니다. 뭐라고 하고 있었지?

"그래서 다른 놈들은 뭘 하고 있냐고 했잖아."

-그건 나도 모르지. 우리 중앙개척부 안에는 파벌이 좀 많은데, 이번에 기회라는 게 보이고 나서 서로 견제가 더 심해졌어. 작전 개요도 공유 안 한다고.

현재 중앙개척부장은 당 위에서 내려온 낙하산이었다. 능력도 없고 그저 이름만 달고 있는, 안전제일주의자인 늙은이였다.

조금 지나면 은퇴를 할 것이니 그 밑의 야망 넘치는 부하들은 눈빛을 빛내며 자리를 탐내고 있었다.

"흠, 리허쥔이 개척부장이 될 거 같나?"

-그건 잘 모르겠다. 워낙 능력 있는 사람이긴 하니까…….

"약점은 찾아봤고?"

-미쳤냐!? 찾을 시간도 없었다!

"하, 이놈은 뭐가 중요한지도 모르나?"

수현의 한숨이 우샹카이를 자극한 모양이었다. 그는 이를 갈며 말했다.

-너야 모르겠지만 내가…….

"우샹카이, 리허쥔을 제치면 누구한테 좋은 일이겠냐? 너겠냐, 나겠냐? 그런데 왜 네가 노력을 안 해?"

중국 본토 사태 해결을 위해 정말 미친 듯이 돌아다닌 우샹카이 입장에서는 억울할 수밖에 없었다.

-믿을 만한 놈이…….

"네 밑에 부하들이 다 그렇지 뭐. 진뤄궁은……."

-안 돼! 그놈은 절대 안 돼!

"그렇긴 해. 그놈은 조사하다가 사건 터뜨릴 놈이지. 그러면 샤오메이한테 시켜봐."

수현의 말에 우샹카이는 움찔했다. 저 둘, 진짜 따로 뭔가 거래가 있는 것 같았다.

-……알겠다. 어쨌든 나는 분명 말했다!

"말하기는 개뿔. 누군가가 널 노리고 있다는 건 5살 먹은 애새끼도 할 수 있겠다. 중요한 건 방식이잖아."

-리우 신 쪽 파벌 놈들은 접촉이 불가능하다니까! 아, 한 가지 있다. 그놈들이 새로 부른 놈들 중에서 한국군과 연줄이 있는 로비스트 놈이 있었어.

"한국군? 한국군은 솔직히 포섭해 봤자 나를 막기가 힘들 텐데. 워낙 영역이 다르고 엉덩이가 무거운 조직이라…… 아."

수현은 갑자기 이중영이 떠올랐다. 조직을 창설하자마자 불운이 겹쳐서 터져 버린 사나이. 지금 그는 수현을 예전보다 몇 배는 더 싫어하고 있을 것이다.

한국군이야 돌아다닐 수 있는 곳이 한정적이라지만, 그가 이끄는 부대는 별개였고, 그는 성격상 중국 쪽이 접촉을 시도하면 바로 받을 것 같았다.

'잠깐만, 이 새끼 설마 예전에도 이랬던 거 아니겠지?'

수현은 문득 의심이 들었다. 생각해 보니 그가 당했던 함정은 한 놈이 만들기 힘든 함정이었다. 그는 언제나 배신을 대비해서 가짜 정보를 다른 놈들에게 각각 다르게 뿌렸던 것이다. 그런데도 함정에 빠졌다는 건…… 최소 몇 놈이 협조를 했다는 뜻이 됐다.

'아니, 이건 지금 생각할 게 아니지.'

"알겠다. 나머지는 차차 생각하도록 하지."

─몸조심해라!

저주를 하는 건지 걱정을 하는 건지 알기 힘든 억양으로 우샹카이는 대답하고 연락을 끊었다. 수현은 생각에 잠겼다.

'일단 계획은 세웠는데……'

그동안 우샹카이가 꽤나 쓸 만한 장기말이라는 걸 확인했다. 그리고 진뤄궁과 샤오메이라는, 그 밑에서 그를 견제할 수 있는 패까지. 이 정도까지 왔으면 우샹카이는 버리기 아까운 말이었다. 이런 말은 쉽게 만들 수 있는 게 아니었다.

우샹카이를 도와주겠다는 말은 진심이었다. 수현은 그의 상관, 리허쥔을 제거하고 그 위로 우샹카이를 올릴 생각이었다. 더 올라가서 그가 중앙개척부장 자리에 올라가면…….

갑자기 웃음이 나왔다. 물론 지금 상황에서는 비현실적인 가정이었지만 그렇게만 되면 정말 기절초풍한 상황이 될 것이다.

중국인들의 카메론 개척을 담당하는 조직의 수장이 일개 개인의 꼭두각시라니.

그렇게 되면 더 이상 문제는 없었다. 카메론의 중국 조직은 더 이상 싸워야 하는 게 아닌, 이용할 수 있는 수단으로 바뀌어버릴 테니까.

중국은 싸워서 쓰러뜨릴 수 있는 상대가 아니었다. 이렇게 교묘하게 파고들어서 이용해야 했다.

'거참, 시작할 때는 몰랐는데 이렇게까지 오게 되나.'

수현도 처음에는 상상도 못 했었다. 그가 중국 정치 조직에 이런 공작까지 펼치게 될 줄은.

'그나저나 리우 신이 직접 나서나? 뭘 어떻게 해올지 모르겠군.'

수현도 궁금했다. 그의 약점이 무엇인지.

"10년 안에 미국도 마법사를 보유하게 하겠다. 이번에 공화당 하원의원에게서 새로 나온 슬로건이지. 러시아도 마법사를 만들겠다고 혈안이고……. 아주 재밌게 됐어."

"지나치게 비현실적입니다만."

"자네, 인류가 달을 향해 우주선을 쏘아 올렸을 때를 아나?"

"회장님, 그때도 계셨습니까?!"

"……그 우주선을 쏘아 올린 건 현실적인 이유에서가 아니었어. 그 당시 소련이 인공위성을 쏘아 올려서였지. 세상의 많은 일이 생각보다 비논리적으로 굴러간다네. 자네가 이번 사태에서 보여준 활약은 사람들을 비논리적으로 만들기에 충분했어. 마법사를 만들겠다는 마음이 진심이든 진심이 아니든, 정치인들은 지금 상황을 이용할 거야."

회장은 진심으로 즐거운 것 같았다.

"그보다 이번에 이주민들 몰려온 거 봤나? 저번에 날 괴짜 취급하던 놈들이 겁에 질려서 카메론의 좋은 곳을 소개해 달라고 하는 꼴이…… 크하핫!"

"좋은 취미이십니다."

"아, 즐거운 건 어쩔 수 없네. 그렇게 거만하던 놈들이 겁에 질려서 카메론으로 오려고 하고, 초능력자들을 구해서 호위로 붙이려고 하고…… 나도 지구에서만 살았다면 저런 놈 중 하나가 되었겠지. 사람은 넓게 살아야 해."

수현은 의자에 등을 붙이고 몸을 젖혔다. 그리고 천장을 쳐다보았다. 차원문 소란은 그의 생각보다 훨씬 더 많은 변화를 불러일으키고 있었다.

앞으로는 어떻게 될 것인가?

"현실적인 이야기 하니까 생각난 건데, 마법사 인공 육성

이야 나도 조금 비현실적으로 보지만…… 현실적인 프로젝트가 하나 있네."

"뭡니까?"

"아, 이거 정말 극비인 프로젝트라. 자네한테 말해줘도 될지 모르겠는데……."

"저 갑니다."

"에잉, 재미를 모르는군. 앉아보게. 이야기해 줄 테니까."

수현은 어깨를 으쓱거리며 앉았다.

"이것도 이번 사태와 연관이 있는 이야기야. 자네가 활약하는 걸 보고 사람들은 '마법사가 필요하구나' 생각했겠지. 그렇지만 현실적인 사람들은 무슨 생각을 했을 거 같나?"

"글쎄요?"

"몬스터를 잡을 화력이 필요하다!"

"그거야 당연한 소리잖습니까."

"아니, 아니. 지금 할 이야기는 더 현실적인 이야기일세. 자네 같은 마법사는 기존 초능력자보다 몇 배는 더 강력한 출력을 보여줬지. 하지만 그게 불가능하다면 어떤 방법이 있겠나?"

"아티팩트?"

"그래, 아티팩트! 기존 초능력자들은 육체 때문에 능력에 한계가 있었지만, 아티팩트는 그런 한계가 없지."

수현은 이해가 가지 않아 고개를 갸웃거렸다.

"아티팩트도 한계가 있을 텐데요?"

아티팩트도 두 가지 한계가 있었다.

첫 번째로, 그 아티팩트가 갖고 있는 자체적인 한계.

최지은의 말에 따르면, 아티팩트가 살아 있는 초능력자의 유해로 만들어진 것일 경우 아티팩트의 힘은 생전 초능력자의 초능력 이상을 넘을 수 없다는 것이었다.

그래서 카메론 개발 초기 국가들은 만약의 사태에 대비해 강력한 아티팩트를 모으는 것에 총력을 기울였고, 그런 것들은 대부분 국보로 지정되어 엄중한 관리 속에 있었다.

루이릴은 그런 것들도 훔쳤을 정도로 겁이 없었지만, 그건 극히 예외적인 경우였고…….

그리고 수현이 거기에 관심을 가지지 않는 이유는 따로 있었다.

'국보급 아티팩트 대부분이 내 초능력보다 약할 줄은 몰랐지.'

수현은 국보급 아티팩트를 빌릴 수 있는 위치에 오르자마자 아티팩트를 확인하려고 했다. 전력이 된다면 당연히 확인을 해둬야 했으니까.

그러나 현실은 기대했던 것과 달랐다. 국보급 아티팩트들의 성능은 정말로 애매했던 것이다.

수현의 전력보다는 약하고, 그렇다고 팀원들이 사용하기에는 지나치게 강했다. 잘못 썼다가는 초능력 고갈로 쓰러질 위험이 있었다.

수현보다 한 단계 낮은, 특급 초능력자라면 아주 유용하게 쓸 수 있겠지만 이래서야 지금은 쓸 곳이 없었다.

그렇다. 사용자의 문제가 두 번째 한계였다. 아티팩트가 아무리 강해봤자, 그걸 사용하는 건 결국 인간이었던 것이다.

아티팩트를 조합해서 더 강한 아티팩트를 만들자는 의견은 예전부터 나왔었지만, 그걸 쓰는 건 결국 인간이었기에 진행이 되지 않았었다.

아무리 강한 아티팩트가 나와봤자 한 번 쓰고 사용자가 폐인이 되어버리면 의미가 없었으니까.

"그러니까 그 한계를 극복할 방법을 찾았다는 걸세."

"?!"

"우리가 저번에 개발한 것, 봤나?"

"하도 개발하신 게 많아서 뭘 말하는지 모르겠는데요."

"초능력 보충제."

"아…… 그거. 네, 쓸 만하던데요."

"그게 어떤 의미인지 아직도 못 깨달았나? 자네, 의외로 이런 면에서는 눈이 어둡군."

수현은 회장이 무슨 소리를 하나 했다. 그리고 그다음, 바로 그 말의 의미를 깨달았다.

"설마?"

"그래, 초능력자의 힘을 빌리지 않고서도 아티팩트를 발동시키는 거지. 생각해 보게. 여기 최신식 대포가 있는데, 발사시킬 때마다 매번 사람이 붙어야 해. 그게 얼마나 비효율적인가? 초능력자가 필요하다지만 그건 고정관념에 불과하지. 중요한 건 동력이야. 동력만 충족시켜 주면 아티팩트는 작동되거든."

회장은 말과 함께 영상을 틀었다. 마치 포탑 같은 거대한 구조물의 모습이 나타났다. 옆에는 거대한 통이 쌓여 있었다.

"저 통이 연료야. 인간을 쓰는 것보다는 훨씬 비효율적이고 돈도 많이 잡아먹지만…… 이 연구는 당장의 이익을 보고 하는 연구가 아니니까. 이 무기가 더 발전되었을 경우를 생각해 보게. 초능력자들에게 의존하지 않아도 돼. 일반인도 연료를 붓고 작동만 시키면 끝나는 거야. 이 연구에 사람들이 얼마나 관심을 가지고 있는지 아나?"

수현은 전율이 등을 스치고 지나가는 걸 느꼈다.

이 연구는…… 들어본 적도 없었다. 아직은 극비일 테니 그의 위치에서 들을 일이 없었을 것이다. 아마 그때도 연구 단계였을 테니. 그러나 이 정도로 진척이 되었다는 게 충격적이었다.

그가 나서서 카메론의 비밀을 모아온 것들이 이런 연구를 촉진시킨 게 아닐까?

"지금 미국은 몬스터에게서 기름을 짜듯이 초능력 연료를 비축하고 있네. 지금은 초기니 점점 더 효율을 올릴 수 있겠지. 아티팩트 조합 연구도 한동안 멈췄었지만 이것 때문에 다시 시작이 되었고. 어떤가, 정말 흥미롭지 않나?"

"이제까지 왜 말을 안 해주셨습니까?"

"그야 이번 사태 때문에 정부의 허락과 지원을 받았거든. 보면 알겠지만, 돈 잡아먹는 하마나 마찬가지야. 화염구 하나 쏘려고 몇십억을 소비하는 게 말이나 된다고 생각하나?"

"그럴 만한 가치가 있으니까요."

"돈 쓰는 정부 입장에서는 아닐세. 그렇지만 본토가 그렇게 공격받고 나더니 아주 애가 타는 모양이더군. 비용을 얼마든지 써도 좋으니 상용화 단계로 이끌라고 성화였네! 이건 22세기의 맨해튼 프로젝트가 될 거야."

회장의 눈빛에서는 백 살을 예전에 넘긴 노인의 눈빛이라고는 믿기지 않을 정도로 열정적인 불꽃이 이글거렸다.

"얼마나 진행됐습니까?"

"앞으로 5년. 5년만 더 지나면…… 자네는 초능력자 몇 명이 들어가서 몬스터와 사투를 벌이는 게 아닌, 군대가 이런 아티팩트 병기를 이끌고 폭격을 하는 걸 볼 수 있을 거야."

"초능력자 입장으로서는 조금 씁쓸하기도 하군요."

"걱정하지 말게. 이게 나온다고 해도 초능력자의 입지가 약해지지는 않을 테니까. 아무리 상용화를 시켜도 비용 문제는 해결되지 않겠지. 몬스터를 짜내고 짜내도 연료 한 통 만드는 게 보통 문제가 아니거든. 이 무기의 진정한 목적은 결국 그거야. 자네 같은 마법사를 빌릴 수 없을 때, 과연 어떤 수단이 있을까? 이번에 자네를 빌리면서 미국이 어떤 대가를 지불한지 아나?"

"대충은 알고 있습니다."

"쯧쯧. 그걸 뭐하러 국가에 헌납하나."

"상황이 이익 따질 상황이 아니었으니까요. 거기서 제 몫 내놓으라고 했다가는 여론이 저를 공격했을 겁니다."

"자네는 정말…… 가끔 이십몇 년 살았다는 게 믿기지 않을 때가 있어. 어쨌든 미국이 알았으니, 다른 국가도 알았을 거야. 이 프로젝트는 우리만 준비하는 게 아닐걸? 솔직히 나는 중국이나 러시아도 이런 프로젝트를 진행하고 있을 거라고 생각하네. 그들이 우리보다 밀리지는 않거든."

"한국은?"

회장은 대답 대신 피식 웃었다.

"안 할 것 같은데."

"……부정하기가 힘들긴 하군요."

"내 생각에, 한국은 자네 같은 인재가 나온 게 실수일 수도 있어. 자네가 있으니까 다른 나라처럼 절박하지 않겠지. 하지만 자네가 사라지면? 그때 가면 후회하게 될걸."

정말 강한 몬스터가 나타났을 때, 국가는 그것에 대응할 방법이 있어야 했다.

방법은 두 가지였다.

수현처럼 한계를 뛰어넘은 마법사를 보유하거나, 미국처럼 몬스터에게 유효한 대미지를 줄 수 있는 병기를 만들거나.

지구에 열린 차원문 소란은 그렇게 변화를 불러오고 있었다.

"어쨌거나 우리는 지하왕국으로 간다."

중국 쪽에서 수현을 상대로 알 수 없는 방법을 꾸며도, 미국 쪽에서 수현의 초능력만큼 위력을 뽑아낼 수 있는 병기를 개발해도, 그런 건 지금 중요하지 않았다.

"예! 팀장님!"

"같이 가기로 했으면 방해하지 마라, 잭."

이클립스의 팀원들과 같이 온 잭은 수현의 타박에 입을 다

물었다.

"일이 여러모로 귀찮게 됐다. 나는 지하왕국의 사람들을 설득할 때, 앞으로 그 주변에 온갖 놈이 몰려올 테니 우리와 먼저 협상을 타결해서 다른 놈들을 못 오게 하자고 말했었는데……."

수현은 이마를 매만지며 말끝을 흐렸다.

"상황이 생겨서 내버려 두게 된 데다가 주변 상황도 바뀌었다."

원래 사람들로 바글거려야 했는데, 지금은 정반대였다.

차원문 소란이 일단 가라앉았음에도 불구하고 사람의 공포는 쉽게 사라지지 않았다. 또 언제 차원문이 열릴지 몰랐으니까.

용병들이야 민간인이니 가겠다는 걸 붙잡을 수 없었지만, 군대는 아니었다. 원래 아센 호수를 넘어 아네스 지역 기지에 주둔하고 있어야 할 군대는 차원문 근처에 묶여 있었다. 무슨 일이라도 생기면 바로 귀환해야 하니까.

"솔직히 말해서 그걸로 약속을 끊을지도 모르겠군. 워낙 까다로운 놈들이라……."

"안 돼! 절대로 그럴 순 없다!"

잭은 책상을 주먹으로 치며 외쳤다. 수현에게 지하왕국에 대한 이야기를 듣고 지구에서 내내 거기만 가게 될 것을 고

대한 그였다.

일생을 카메론의 미답지를 찾는 것에 바친 잭이었다. 이제
까지 발견된 도시 중에서 가장 발달된 문명을 가진 지하왕국
은 꿈일 수밖에 없었다.

"나보고 어쩌라고. 네가 가서 협상할래?"

"아, 아니. 그게 아니라……."

평소보다 까칠한 수현의 태도에 잭은 기가 죽었다. 그걸
본 이클립스의 팀원들은 수군거렸다. 그들의 대장은 원래 저
렇게 어디 가서 구박받고 다니던 사람이 아니었던 것이다.
성격 괄괄하기로는 절대 밀릴 사람이 아니었는데…….

"일단 있어봤자 달라지는 것도 없으니 가서 이야기를 해봐
야겠지."

"인원이 좀 많아졌는데, 그 부분은 괜찮아?"

"거기 인근에 마을이 있다. 거기서 나머지 대원들은 머무
르고, 너, 잭, 나만 들어가자."

"마을이 있습니까?"

이클립스 대원 중 한 명이 손을 들고 물었다. 매우 신기하
다는 표정이었다. 진상을 알고 있는 제니퍼와 샤이나는 애매
한 표정을 지었다. 오지 구석에 마을을 차리고 왕국이라고
자처하는 사무엘에 대해서는 설명하기가 복잡했던 것이다.

"그래, 자세한 건 됐고. 인원은 더 이상 추가하지 않는다."

"이 정도면 충분할 겁니다."

스콧은 고개를 끄덕이며 말했다. 마법사인 수현이 이끄는 엉클 조 컴퍼니 1팀, 균형 잡힌 전력의 블루베어 2팀, 그리고 전원이 괴물로 구성된 이클립스까지. 무시무시한 전력이었다.

"우리를 속인 건가?"

"속인 게 아닙니다."

"속인 게 아니라면 뭐지? 그때는 이 주변으로 인간들이 엄청나게 몰려온다고 했던 것 같은데. 확실히 그건 위협적이네. 그런 상황이라면 우리도 인간들과 접촉할 수 있고, 여차하면 방어막이 될 수 있는 수단을 만드는 게 나쁘지는 않겠지. 그렇게 생각하고 약속을 한 건데…… 일어나지도 않을 상황으로 협박을 한 거라면 이야기가 달라지네."

"협박이 아니다, 드워프!"

잭은 억울함을 담아서 외쳤다.

"우리의 고향에서 일이 일어났다고 하지 않았나!"

"그걸 우리가 믿을 수가 있어야 하지 않겠나. 여기의 일은 나 혼자만의 결정으로 돌아가는 게 아니라는 걸 알아줬으면 좋겠군. 차원문이 열려서 몬스터가 쏟아졌다니…… 다크 엘프들도 비슷한 생각일 거야. 그들을 설득시키려면 증거를 갖고 와주게. 자네들이 거짓말하지 않았다는 증거, 이 주변에 곧 인간들이 몰려올 거라는 증거……."

"젠장."

수현은 탄식하며 고개를 젖혔다. 무르노의 태도를 보아하니 쉽게 굽혀질 것 같지가 않았다.

잭은 이를 갈며 낮게 으르렁거렸다.

"감히 우리를 거짓말쟁이로 몰다니."

"잭, 여기 드워프랑 다크 엘프 소굴인 거 알지? 괜한 짓 하지 말자. 여기를 피바다로 만들기 싫으면."

"저놈들이 아무리 잘나봤자 우리보다 강하진 않잖아. 우리가 숙이고 들어가니 거만해지는 저 꼴을 보니……."

"억울하면 네가 이종족 관련 법안 바꾸든가. 일단 물러나야겠군."

"뭐? 정말로?!"

"그러면 뭐 어쩌려고. 설득할 자신 있나? 안 되는 건 안 되는 거야."

수현은 현실주의자였다. 지금 저들의 태도를 보니, 상황이 달라지거나 유효한 패를 들고 오지 않는 한 협상을 진행할 수 없다는 걸 깨달았다.

잭은 차마 발이 떨어지지 않는다는 듯이 미적거렸다. 이 지하왕국을 보기 위해 그 먼 거리를 같이 왔는데, 정작 와서는 문전박대당하다니.

"이렇게 끝나지는 않을 거라고 말해줘."

"걱정 마. 나도 물러설 생각은 없으니까. 투자한 게 있으니 받을 건 받아야지."

수현은 지상으로 걸어 나가면서 말했다.

"다행히 드워프들이 현실 인식을 못 하는 건 아니야. 저들도 분명 이 주변에 인간들이 몰려오면 이대로 있을 수는 없다는 걸 알고 있거든. 그런데 문제는…… 오던 놈들이 다 사라져 버렸다는 거지."

든든한 지원이 없으니 용병들도 당연히 소극적이 될 수밖에 없었다. 몇 ㎞ 거리 안에 군대가 있는 것과 없는 건 차이가 컸다.

당장 지금 설치된 기지만 지키는 것도 인력이 부족한 수준이었으니…….

"시간이 지나면 해결은 되겠지. 지구에 차원문만 다시 안 열리면."

사람은 결국 잊게 마련이었다. 지금이야 계속 군대가 붙어 있었지만, 아무런 일도 일어나지 않으면 결국 이익 때문에 슬슬 움직일 것이 분명했다.

"그런데 그건 너무 길다고."

"동감이야."

"어떻게든 사람을 여기로 좀 불러야 해. 그것도 좀 위협적인 놈들로! 그래야 저 엉덩이 무거운 놈들이 애가 닳겠지!"

"말이야 맞는 말인데…… 그게 그렇게 쉽게 되면 이렇게 고민하고 있지는 않겠지."

말을 하던 수현은 문득 무언가 떠올랐다.

"아, 중국인들……."

"중국인들?"

"나를 싫어하는 놈들이 조금 있지. 그놈들을 이용해 볼까 싶은데."

"조금이 아닐 텐데. 그보다 중국인들이라면 설마 특수부대 말하는 거냐?"

잭은 걱정스러운 표정으로 눈썹을 찌푸렸다. 카메론에 돌아다니는 국가들은 보통 뒤에서 돌아다니는, 정체가 드러나지 않은 특수부대 한두 개 정도는 갖고 있었다.

차원문 4개국이 아니라 다른 국가도 갖고 있었는데, 4개국은 더 말할 것도 없었다.

수현은 저번에 잭을 상대로 일어났던 습격 사건의 용의자를 조금 더 폭넓게 의심하고 있었다. 인공 아티팩트를 만들려고 하거나 초능력자를 확보하려는 조직 같은.

그러나 잭은 중국이나 러시아를 의심하고 있었다. 사실 어찌 보면 당연했다. 미국 쪽 초능력자를 상대로 이런 짓을 할 수 있는 곳이 얼마나 되겠는가?

"중국 쪽이야 부리는 부대가 많이 있지. 사설 회사 이름으로 두고 부리는 놈들도 있고…… 그런 놈들은 특수부대라고 하기에는 조금 애매하지만 말이야. 흑표대 같은 애들이 오지는 않을 거야."

수현한테 그렇게 당해놓고서 흑표대 같은 정예 병력을 투입할 것 같지는 않았다. 그렇다면 거의 학습 능력이 없는 것이나 마찬가지였다.

"위험한 거 아니냐? 네가 마법사인 건 알지만 다른 놈들을 너무 무시하지는 말라고. 특수부대 놈들이 덤빌 때는 뭔가 승산이 있어서 덤비는 거니까."

"말이야 맞는 말인데 그게 좀 설득력이 있어야지……."

수현은 턱을 긁적이며 생각에 잠겼다. 이제까지 중국 쪽에서 나름 승산 있다고 덤볐을 때마다 수현은 그들이 생각지도 못했던 패를 들고서 그들을 박살 내주었다.

이제 그도 나름 패가 다 밝혀진 셈이었다. 마법사 상대로는 초능력 상쇄 장치도 통하지 않았고…… 확실히 잭의 말은 귀담아들을 만했다.

이번에 그들이 또 덤벼온다면 나름 확신을 갖고 있는 게 분명했다. 그런데 대체 어떤 식으로 확신을 갖고 있을지 상상이 가지 않았다.

'뭘 어떻게 하려는 거지?'

수현이 생각해도 그를 잡을 방법이 별로 없었다. 아예 한 지역을 군대를 동원해서 통째로 포위하고 인해전술을 펼친 다든가…….

'아니, 그래도 못 잡을 거 같은데.'

인해전술을 통한 포위전은 상대의 발을 묶을 수단이 있어야 가능했다.

그런데 중국 쪽은 수현의 발을 묶을 수단이 없었다. 수현이 작정해서 초능력을 전개하고 돌진하면 군대든 기갑전력이든 바로 뚫려 나갈 것이다.

"그래도 중국 놈들이 이 주변에서 어슬렁거리면 좀 설득력이 있을 것 같지 않냐? 지금 상황에서 이 주변까지 올 놈들은 중국이나 러시아 정도밖에 없다고."

"끙, 그건 그렇긴 한데."

잭은 망설였다. 그는 지하왕국에 정말 들어가고 싶기는 했지만, 그렇다고 해서 초능력자들 사냥을 전문으로 하는 군인들을 상대하고 싶지는 않았다.

물론 그가 두려워하거나 하지는 않았지만, 세상일은 어떻게 될지 모르는 법 아닌가.

미국의 초능력자들은 카메론에 들어가기 전에 단단히 교육을 받았다. 그중 하나가 이거였다.


─특수부대나 군인들은 피해 다녀라. 무서워서가 아니라 더러워서 피하는 거다!


무슨 귀찮은 짓을 할지 모르니 말이다.

잭은 품속에 있는 상쇄 장치 재머를 만지작거렸다.

특수부대라고 해도 그와 수현, 블루베어 전력까지 제압할 수는 없을 것 같긴 했다.

"미국은 자국 여론 때문에 여기까지 군대를 못 보내지만, 중국은 마음만 먹으면 얼마든지 보낼 수 있어. 걔들은 여론 신경 안 쓰잖아. 아마 지금이 기회라고 생각하고 보내고 있을지도 모르지."

"끄응…… 아무리 생각해도 배고프다고 독을 먹는 거 같은데. 괜히 문제 커지는 거 아냐?"

"괜찮아. 확인하고 할 테니까."

"확인할 방법이 있나?"

잭은 이해가 가지 않는다는 표정을 지었다. 중국 쪽에서 돌아가는 부대는 외부에서 알 방법이 없었다. 어떤 부대는 군내에서, 어떤 부대는 민간 회사의 탈을 쓰고 용병으로, 이런 식의 조사는 일반인이 할 수 있는 게 아니었다.

"재촉을 좀 해봐야지."

―재촉한다고 알 수 있는 게 아니잖나! 그리고 통신 좀 주의해서 해라. 어디서 통신하는 거냐? 만약 들킨다면 난 사형까지 갈 수도 있다고!

"우샹카이, 나는 지금 목숨이 걸려 있는 문제인데 너는 그렇게 태연해도 되나? 나 죽으면 넌 이익이라 이거지? 내가 죽으면 걱정할 게 없으니까?"

―아, 아니. 그런 소리가 아니라…….

우샹카이는 어이가 없었다. 수현이 정말 목숨을 걱정했다면 애초에 저기까지 가지도 않았을 것이다.

그냥 도시에서 그를 찬양하는 사람들 사이에 있으면 행복하게 잘 살 수 있을 텐데, 굳이 오지로 가서 스스로를 위험에 노출하고 난 다음 저런 소리를 하니 기가 막혔다.

"추측은 내가 할 테니까 알아낸 거 있으면 다 말해보라고."

―저번에도 말했지만 파벌이 갈려서 내가 알아낼 수 있는 게 별로 없다! 일단 리우 신의 상관이 아주 자신만만하게 작전을 진행하고 있다는 것 정도만 알고 있어.

"자신만만하게?"

─그래, 앞으로 김수현 놈이 카메론을 돌아다니지 못하게 해주겠다고 하더라고.

"네가 그런 걸 바라는 게 아니고?"

─아니라니까!

"내가 돌아다니지 못하게 해준다니. 뭐 어떻게 하려는 건지 정말 궁금해지는군."

사람은 각자의 급이 있었다. 그리고 수현은 최정상이나 마찬가지였다. 그런 사람을 상대로 뭔가를 준비할 때면 소리가 안 날 수 없었다.

"정말로 아무것도 안 새어 나왔나? 나를 조준하고 계획을 세우는데?"

─내가 그래서 그쪽 놈들한테 술 좀 먹여가면서 물어봤거든? 아무것도 안 나왔다. 작전 개요는 소수만 공유하는 거 같아. 그리고 애초에 작전 자체가 규모가 별로 큰 것 같지도 않아! 장비도 별로 안 가져가고, 부대도 동원한 숫자가 몇 개 안 되고…….

"……?"

의문이 풀리지는 않고 점점 커졌다. 규모를 늘려서 덤벼도 안 될 상황에서 규모를 더 줄이다니. 대체……?

'아!'

수현은 무언가가 머리를 스치고 지나가는 것을 느꼈다.

"그 작전에 리우 신도 참가하나?"

─그걸 내가 어떻게 알아?

"이런 멍청한 새끼. 리우 신이 현재 어디 있나 보면 되잖아. 호수를 넘어서 와 있으면 참가하는 거겠지."

─아…… 그런 건가. 아니, 도시에 있다.

"그렇군. 뭔지 잘 알겠어. 우샹카이, 포상을 주지."

─뭔 포상?

우샹카이는 더 불안해졌다. 이놈이 친절을 베풀 놈이 아닌데.

"동료들이 작전을 진행하는데 너도 뭔가를 좀 도와줘야 하지 않겠냐? 내 위치 좌표를 말해줄 테니 공식적으로 보고를 해."

─뭐? 정말 그래도 되나?

우샹카이는 놀라서 되물었다. 그가 작전에서 발을 빼기는 했지만, 이런 식으로 보고를 올리는 건 문제 될 게 없었다. 책임은 다른 놈이 지고, 얻는 건 이익밖에 없었으니까.

'아니, 이 자식 설마 나 상대로 교란작전 피우는 거 아냐?'

수현이 워낙 능구렁이 같다 보니 의심부터 들었다. 이런 식으로 하면 잘못 보고한 그만 피를 보게 됐다.

─야, 나 안 그래도 위치 불안한 거 알지? 좌표 갖고 나한

테 장난치면 나도 박살 나는 거야!

"아, 거. 의심 많은 새끼. 제대로 알려준다니까?"

수현이 몇 번을 어르고 달래주자 그제야 우샹카이는 한숨을 돌릴 수 있었다.

"너는 김수현의 좌표를 찾아낸 공을 얻고, 상대는 작전을 실패해서 욕을 먹고. 서로 좋지 않겠어? 상관한테 한동안 욕도 안 먹겠고."

─너, 너 내가 리허쥔한테 욕먹은 건 어떻게……?

'이 자식 욕먹고 있었나?'

별생각 없이 말했는데 우샹카이가 반응했다. 수현은 그럴듯한 목소리로 말했다.

"내가 말했잖아. 접촉한 게 너만 있는 게 아니라고."

─…….

진뤄궁은 워낙 개떡 같은 놈이니 그와 리허쥔이 무슨 대화를 하는지 관심도 없을 테고, 아무리 생각해도 샤오메이가 수상했다.

"어쨌든 알겠지? 들키지 않게 잘 포장해서 말하라고. 작전 시작한 거 같으면 보고하고."

─……알겠다.

통신을 끊은 수현은 자리에서 일어섰다. 스스로를 왕이라고 하고 다니는 사람치고 사무엘이 꾸린 마을은 꽤나 멀쩡한 마을이었다.

만약의 사태에 대비한 시설은 다 갖고 있었다. 그중 통신 시설도 포함됐다.

사무엘은 마을에 자리 잡은 용병들을 보며 안절부절못하고 있었다. 기세등등하던 그는 블루베어 용병들에게는 말도 걸지 못했다.

수현이 생각지도 못한 사실이 하나 있었다. 사무엘은 수현은 몰라도, 블루베어는 알고 있었다는 점이었다. 그가 인류 사회를 떠나기 전에도 블루베어는 유명한 용병 회사였으니까.

"블루베어에 입사 신청도 했었다고?"

"서류 탈락……."

"음, 그래. 힘내라."

원래는 사무엘을 존경하는 시선으로 보던 마을 사람들도 이제 그를 뜨뜻미지근한 시선으로 보고 있었다. 특히 이종족들의 시선 변화가 컸다. 인간들과 달리 그들은 정말로 사무엘이 뭐라도 된 줄 알았던 것이다.

그러나 수현부터 시작해서 잭, 이클립스, 하다못해 블루베어의 초능력자들도 만만치 않은 괴물들이었다. 그런 이들이 마을에 우르르 몰려오니 인식이 달라진 것이다.

"마을 잘 만들어 놨네. 여기까지 자재 갖고 와서 기지 새로 짓는 것보다 여기 빌리는 것도 나쁘지 않겠는데? 비용 낸다고 할 테니 허락받아 볼까?"

"아서라. 저 사람 울겠다."

"응? 왜?"

제니퍼는 정말로 모르겠다는 표정으로 고개를 갸웃거렸다. 그녀가 사무엘을 알 리 없었다.

한때는 나름 그래도 왕이라고 행복하게 살았는데, 이제는 예전에 발도 못 들였던 용병 회사가 찾아와서 기억폭력을 하고 있으니…….

사실 사무엘의 트라우마는 지금 중요한 게 아니었다.

수현은 레토르트 팩으로 간단하게 끼니를 때우며 생각에 잠겼다.

예전에 그가 약했을 때, 그는 온갖 수단으로 상대와 싸웠다. 그의 염동력은 비전투용에 가까웠으니까.

그렇기에 상대가 특이한 행동을 하면 감이 왔다. 지금 중국 팀이 뭘 하려는 건지도. 틀릴 수도 있었지만, 아마 거의 맞을 것이다.

'자해공갈이겠지. 정말 갈 때까지 갔군. 이걸 내가 당할 줄은 상상도 못 했는데.'

카메론은 얼핏 보면 치외법권이라고 착각하기 쉬웠지만, 절대 치외법권은 아니었다.

오지에서 서로 싸우는 건 서로 떳떳하지 않았기에 가능한 일이었고, 만약 한쪽이 떳떳하다면 그냥 증거를 갖고 국제 법원으로 갖고 가면 됐다.

아무리 강대국의 힘에 따라 움직인다지만, 명백한 증거가 있는 범죄는 그냥 넘어갈 수 없었다.

자국의 귀중한 전력을 다른 나라의 감옥에 보내지는 않지만 일단 보여주기식 처벌은 모두 다 했다. 심지어 중국이라도 말이다.

수현을 상대하는 데 평소보다 훨씬 더 적은 전력, 거기다 리우 신도 빠졌다. 게다가 상대가 묘하게 자신만만했다는 건…… 아무리 생각해도 자해공갈밖에 없었다.

수현도 몇 번 시도한 적이 있었다.

방식은 간단했다. 일단 타깃이 강해야 했다. 무슨 일이 생겼을 때, 물러나서 위로 보고하는 게 아니라 그냥 내 힘으로 해결하겠다고 덤벼들어야 이 방식이 통했다.

타깃이 몇 번 습격을 받아서 예민한 상태라면 더 좋았다. 그런 타깃을 쫓아다니면서 무언가 습격을 준비하는 낌새를 보여주는 것이다.

여기서 중요한 건 낌새를 보여주되 그게 절대 노골적이면 안 된다는 점이었다.

전체적으로 보면 '아, 이건 습격 준비까지는 아니지'라고 사람들이 판단하지만, 직접 겪는 당사자는 '저 자식들 습격 준비하는 거 아니야?' 하고 의심할 수 있는 미묘한 경계.

그리고 수현은 이런 심리 조작의 달인이었다. 계속 쫓아다니면서 신경을 거슬리게 하고, 절대 선공은 하지 않고…… 그러다가 상대가 폭발해서 덤비면 최대한 피해를 받지 않으면서 증거를 남기는 것이다.

증거를 남기는 게 매우 중요했다. 그게 이 짓의 핵심이었다.

예전에는 그가 했던 걸 이제는 그가 당하게 됐다니. 헛웃음이 나왔다. 놀랍지는 않았다. 이건 모든 나라가 즐겨 했던 방식이었다. 물론 수현이 유행시키기는 했었지만.

'그때는 내가 가장 많이, 잘했었는데…….'

목숨 걸고 유행시켰던 방식이, 그가 하지 않으니 다른 곳에서 시작하려고 하고 있었다.

상대의 노림수가 보였다. 아마 수현의 심기를 거슬려서 공격을 받은 다음, 재판으로 끌고 갈 것이다.

한국이 미치지 않고서야 수현을 중국에 보내지는 않겠지만, 일단 근신하게는 하겠지.

생각해 보니 상황도 절묘했다. 지금 한국은 마음 같아서는 수현을 본토에 묶어두고 싶을 것이다. 아직 차원문 공포에서 완전히 벗어난 게 아니었으니까.

그러나 멋대로 묶어뒀다가는 다른 나라가 신나서 '우리나

라로 오렴! 자유롭게 풀어줄게!' 이런 제안을 할 테니 못 한 것이었을 뿐.

저런 상황이 온다면 어쩔 수 없다는 듯이 수현을 본토에 머무르게 할 것이다. 그리고 그러는 동안 중국은 신이 나서 카메론을 돌아다닐 게 분명했다.

59장
자해공갈단(1)

'누가 생각한 거지? 꽤나 머리를 잘 쓰는데.'

리우 신이 이런 작전을 생각했을 것 같지는 않았다. 그는 고지식한 원칙주의자였다. 그래서 수현이 과거로 오기 전에 강력한 초능력을 가지고 있음에도 불구하고 언제나 수현에게 골탕을 먹었었다.

그의 머리에서 이런 작전이 나왔다는 건 잘 믿기지 않았다. 잠깐 생각하던 수현은 고민을 멈추고 어깨를 으쓱거렸다. 누가 생각해 냈다고 하더라도 별로 상관없었다. 이런 방식은 언제든 나오게 마련이었다.

강자가 혼자서 독주를 하다 보면 다른 사람들은 어떤 수단을 써서라도 그를 막기 위한 방법을 만들어내게 마련이었다.

그리고 중국에 있는 사람이 몇 명인데 저런 방법을 떠올릴 사람이 없겠는가.

"구중철, 곽현태, 앞으로!"

구중철은 담담한 표정으로, 곽현태는 불안한 표정으로 나왔다. 이번 작전에서는 둘이 가장 중요했다. 과거로 돌아오기 전에서도 같이 했었지만, 둘의 능력은 이런 작전과 정말 잘 맞아떨어졌다.

구중철이야 하라는 대로 하는 놈이었으니 별 상관이 없었지만, 곽현태는 둘만 따로 부른 게 매우 불안한 모양이었다.

"뭡니까?"

"둘이 같이 갈 곳이 있다."

"……."

"정말 괜찮은 거 맞냐? 아무리 그래도 그렇지, 셋은 조금……."

"셋이어야 의미가 있지. 야, 솔직히 생각해 봐라. 블루베어랑 이클립스 다 데리고 가서 중국인들한테 맞고 다니면 그게 아무리 그럴듯해 보여도 사람이 믿겠냐?"

"너도 마법사잖아?"

"난 적절하게 빠질 거야. 그리고 너희들은 이런 거에 경험이 없어서 안 돼. 해봤자 어색할 거라고."

자해공갈 경험이 없어서 이런 걸 못한다는 말에 잭과 제니퍼는 서로 어이없다는 듯이 쳐다보았다.

'그러면 넌 자해공갈 경험이 있다는 소리냐?'

묻고 싶었지만 뭔가 무서운 대답이 나올 거 같아 잭은 참았다.

"어쨌든 중국 놈들 호구 잡으면 써먹기는 편하겠지. 바로 디브라오 지역으로 보내서 분위기 좀 조성시키자. 중무장한 놈들이 어슬렁거리기 시작하면 밑에 있는 놈들도 우리가 거짓말하지 않았다는 걸 알게 될 테니까."

"그거 사기 아니야?"

"빠르든 늦든 어차피 다른 놈들도 디브라오 지역으로 갈 텐데 뭐가 사기야. 조금 일찍 알려주고 선점하는 거지. 그러면 다녀올 테니 애들 관리 잘 하고 있어. 사고 치지 말고."

"사고는 누가 사고를……."

수현과 같이 걸어가며 곽현태는 조심스럽게 물었다.

"어…… 중철이야 뛰어난 초능력자니까 그렇다 쳐도, 저는 왜 부르신 겁니까?"

구중철의 강체화 능력은 곽현태가 봐도 뛰어난 수준이었다. 저런 인재가 예전에는 짐꾼이나 하고 있었다는 게 믿기지 않았다. 어지간한 거목은 몸통 박치기로 뚫어버리고 기관포탄도 몸으로 막아내는 모습은 기가 막혔다.

그에 비해 그는 보름달 앞의 반딧불이였다. 구중철이 순박해서 망정이었지, 원래 저 정도 초능력자라면 거만하게 사람 무시하고 다녀도 놀랍지 않았다. 곽현태는 카메론에서 그런 초능력자들을 넘치게 봐왔다.

"네 초능력도 쓸 만해. 자학하지 말라고."

"어, 무슨 초능력, 이십니까?"

구중철은 더듬거리며 물었다. 곽현태는 머뭇거리다가 대답했다.

"……투명화."

"저놈 군에 있을 때 자기 초능력도 안 밝혔다. 음흉하게."

"뭐, 뭐가 음흉합니까! 그냥 귀찮은 일 생길까 봐 말 안 한 겁니다. 야, 그런 거 아니라니까?!"

자기를 존중의 눈빛으로 쳐다보던 구중철이 경멸의 시선을 보내자 마음이 아팠다. 자기를 무슨 초능력 변태로 보는 것 같았다.

"투명화 능력은 말해봤자 귀찮은 일밖에 없잖습니까. 군에서는 위험한데 돈 안 될 일들만 시킬 거고. 그에 비해 저는 자체 전투력이 별로 없으니까 죽을 가능성은 더럽게 높겠죠. 게다가 부대 내에서 사건 사고 일어나면 일단 저부터 용의자로 뽑힐 테고요."

"근데 넌 실제로 횡령했잖아?"

"그건 중요하지 않습니다."

곽현태는 바로 이야기를 돌렸다. 수현은 피식 웃었다. 그가 저런 소리를 한 걸 처음 듣는 게 아니었다. 곽현태는 언제나 저런 놈이었다.

"우리 좌표를 보내줬고, 출발한 날짜로 역산해 보면 아마 하루 안에 여기에 도착하겠지. 내가 계획을 말해줬지?"

"어…… 절대 덤비지 않고……."

"두들겨 맞는다."

"아주 좋아. 중철아, 내가 왜 널 골랐는지 알겠어?"

"잘, 모르겠습니다?"

"두들겨 맞아도 멀쩡한 게 나랑 너거든."

"……."

구중철은 기뻐해야 할지 말아야 할지 모르겠다는 표정으로 고개를 갸웃거렸다. 그는 왜 수현 같은 사람이 얻어맞는 척을 해야 하는지 아직도 이해하지 못했다.

"어? 저도 맞습니까? 저는 총알 맞으면 죽는데요?"

"나 치유 능력 있으니까 즉사만 안 하면 돼. 그리고 넌 맞을 필요 없다. 널 왜 불렀겠어? 투명화 쓰라고 불렀지."

"으, 역시 그겁니까."

투명화가 가능한 초능력자의 숙명. 혼자서 위험히게 저진에 들어가서 작전을 펼쳐야 하는 것이었다.

"싫어?"

"아닙니다. 여기서 받은 돈 생각해 보면 투명화가 안 되더라도 들어가야죠."

말을 하던 곽현태는 멈칫했다.

"잠깐, 초능력 상쇄 장치 있는 거 아닙니까?"

"없을 거야. 걱정 마."

자해공갈을 유도하는 놈들이 초능력 상쇄 장치를 켤 리 없었다. 그들은 대부분 목숨을 걸고 왔을 것이다. 수현처럼 자해공갈을 테크니컬하게, 목숨 부여해 가며 하는 사람은 드물었다. 원래 저런 건 죽어도 되는 놈들을 골라서 보상을 약속한 다음 죽으라고 보내는 것이었다.

"진짜 없는 거 맞죠? 진짜?"

"있으면 항복해, 그냥. 내가 나중에 빼와줄게."

"중국 지하 감옥은 싫다구요! 아, 젠장……."

곽현태는 투덜거리면서도 수현의 지시를 들은 후 투명화를 시전했다. 투명화는 오랫동안 유지할 수 있다는 장점이 있었다.

−도착하면 말해줄 테니 정해진 위치에서 대기해라.

−예.

곽현태는 걸어가면서 수현이 어떻게 중국인들이 나타나는 것까지 잡을 수 있는지 궁금해했다. 사전에 접촉한 정보로는 한계가 있을 텐데.

'에이, 알아서 잘하겠지. 저 양반이 보통 양반이냐.'

"찾았습니다. 저기 있네요."

"몇 명이야?"

"둘인데요."

"둘? 역시 마법사답군. 많은 인원이 필요 없다 이거겠지."

남자는 고개를 끄덕였다. 그들의 분위기는 어둡고 비장했다. 그들은 수현과 싸우기 위해서 모인 이들이 아니었다. 수현에게 도를 넘지 않게 시비를 걸고, 수현에게 공격당하기 위해 모인 이들이었다.

당연히 수현이 얼마나 괴물인지 잘 알고 있었다. 그가 손가락 하나만 까딱해도 산산이 찢겨 나갈 것이다.

각오를 하고 있어도 두려울 수밖에 없었다. 누군가 침을 삼키는 소리가 유난히 크게 들렸다.

정부는 그들이 죽을 시 그들의 가족에게 막대한 보상을 약속했다. 이미 감옥에 갇혀서 20년 넘게 썩거나 평생 썩어야 했기에 그들은 고민하지 않고 바로 받아들였다.

"어떻게 할까요? 바로 접촉할까요?"

"천천히, 천천히 가자. 바로 가서 죽고 싶지는 않잖나? 통신기 제대로 작동하고 있지?"

"예, 스페어까지 잘 돌아가고 있습니다."

그들이 전멸해서 모든 기록 장비가 부서지더라도 그 전까지 기록된 영상은 바로 보낼 수 있도록, 공들여서 통신 장비를 준비해 온 그들이었다. 아무리 수현이 대단하더라도 그들이 곳곳에 숨기고 있는 장비들을 즉시 다 찾아서 부술 수는 없었다.

─북서쪽으로 접근해라. 소리에 주의해. 그렇게 뛰어난 놈들 같지는 않지만 경험이 아예 없는 것 같지는 않다. 소리가 크게 나면 눈치챌 거야.

이런 곳에 정예를 보내지는 않을 테지만, 그래도 아무런 경험이 없는 놈들을 보내지는 않았을 것이다. 아마 약점이 있는 군인이나 용병 출신 이들을 모아서 보냈겠지.

수현은 구중철의 등을 탁 치고, 휘파람을 불며 앞으로 걸어갔다.

나무 사이를 걸어 나오는 수현을 보며 중국인들은 긴장으로 몸을 딱딱하게 굳혔다.

"준, 준비됐냐?"

"예!"

"좋아, 가자!"

최대한 재수 없게 굴어야 했다. 마법사가 짜증 나서 공격을 할 수 있을 만큼.

"이야, 여기서 다른 사람들을 보게 될 줄은 몰랐는데. 이거 우연인가?"

수현은 여유만만하게 웃으면서 중국인들을 훑어보았다.

"우연일 수도 있고, 아닐 수도 있겠지."

"뭐? 우연이 아닐 수도 있다고? 그게 무슨 소리지? 설마 나를 쫓아왔다는 건 아니겠지?"

남자는 입가를 경련시키면서 비웃음을 준비했다. 눈앞에 괴물이 있는데 비웃는 건 정말로 힘든 일이었다. 당장 그가 찢겨 나갈 수도 있다고 생각하며, 그는 수현한테 비웃음을 보여주었다.

"피, 피해망상이라도 있나? 우리가 너를 왜 쫓아오겠어?"

"날 쫓아다니는 중국인들이 한둘이 아니라서."

"우연일 뿐이야. 앞으로 그런 우연이 더 나올지도 모르지만."

진뤄궁한테 이런 식의 태도를 보였다면 주먹부터 나왔을

것이다. 그러나 수현은 어깨를 으쓱거릴 뿐이었다.

"그래, 아니라면 어쩔 수 없지. 그러면 서로 갈 길 가자고."

수현이 공격하지 않고 돌아서자 남자는 당황했다.

이게 아닌데…….

그는 부하들에게 손짓했다. 그들은 노골적으로 수현의 뒤를 따라왔다. 수현은 멈추고서 헛웃음을 터뜨렸다.

"뭐야? 안 따라왔다며?"

"우연히 갈 길이 겹쳤을 뿐이다."

"우연 더럽게 좋아하네. 내가 손을 휘둘렀는데 너희 목이 날아가면 그것도 우연이냐?"

'드디어!'

남자는 이를 악물었다. 이제 수현이 손을 뻗고, 전부를 처리하면…… 그는 함정에 빠지는 것이다. 그는 정당방위라고 주장하겠지만 기록이 남아 있는데 그럴 수는 없었다.

타타타탕!

"으, 으허억!"

"중철아!"

"?!"

그러나 날아간 건 그의 목이 아니었다. 오히려 총성은 뒤에서 들렸다. 남자는 어안이 벙벙해져 뒤를 돌아보았다.

임시로 대장을 맡았지만, 그건 일단 그가 가장 경력이 길었기 때문이었다. 다른 놈들도 다 군인 생활이나 용병 생활을 했던 놈들이었다. 긴장해서 총을 쏘거나 실수로 총을 쏠 놈들은 하나도 없었다.

"미쳤냐?!"

"아, 아니. 누가 내 손가락을 눌렀어!"

"무슨 개소리야!"

"너, 너희 이 자식들. 감히 중철이를!"

구중철은 넘어져서 일어나지 못하고 있었다. 그의 복부 주변에는 붉은 액체가 질척거렸다.

수현이 분노한 시선으로 그들을 노려보자 그들은 경악했다.

일이 틀어졌다. 총을 먼저 쏘면 아무리 편집을 교묘하게 하더라도 수현을 엮어 넣을 수 없었다.

'이, 이거……'

"중철아! 일어나! 정신 잃으면 안 돼!"

그들이 냉정했다면 수현이 치유 능력을 갖고 있다는 걸 기억해 냈겠지만, 그들도 지금 상황이 틀어져서 매우 당황하고 있었다. 그들은 무의식적으로 뒤로 물러섰다.

"전부 무릎 꿇어라, 이 새끼들아."

"어?"

"지금 당장 무장해제 하고 무릎 꿇으라고. 손가락 하나라도 까딱하면 전원 목을 날려주지."

수현의 말이 허풍이 아니라는 건 그들이 누구보다도 더 잘 알고 있었다. 예상 밖의 상황 때문에 그들은 어떻게 판단해야 할지 몰랐다.

누가 먼저라고 할 것도 없이 그들은 무기를 떨어뜨리기 시작했다.

'와, 진짜 귀신같은 양반이야.'

곽현태는 뒤에서 지켜보고 있다가 고개를 끄덕였다. 그는 중국인들 가까이 다가가 통신 차단기를 작동시키고, 가장 가까이 있는 남자의 팔을 잡고 손가락을 당겼다. 덕분에 중국인들이 먼저 공격했다는 상황이 만들어졌다.

그들은 무슨 상황인지 이해를 하지 못하고 무릎을 꿇은 채 서로 떠들고 있었다. 주로 방아쇠를 당긴 놈한테 욕을 하는 게 대부분이었다.

"이 미친놈아! 거기서 당기면 어떻게 해!"

"진짜 내가 당긴 게 아니라니까!"

"너 첩자지? 너 첩자지, 이 개XX야!"

"첩자가 이런 짓을 하겠냐!"

짝짝−

수현은 박수를 쳐서 대화를 끊었다.

"모두들 대화를 하는 건 좋은데. 그 전에 한 가지 더."

"······?"

"전부 벗어라."

"예?"

"전부 벗으라고. 그리고 맨몸으로 따라와. 나는 자비로우니까 모포 하나 정도는 챙기게 해주지."

"그게 뭔 개…… 컥!"

"또 반항할 놈 있나?"

당연히 아무도 없었다. 그들은 천천히 옷을 벗었다.

구중철은 이해가 가지 않아 물었다.

"옷은, 왜 벗깁니까?"

"안에 뭐 숨기는 거 없게 해야지. 그래야 뭘 하더라도 위에 안 걸릴 거 아니야. 좋아. 다 벗었나? 벗은 거 보니까 엘프들 같네. 일렬로 서서 출발!"

수현이 가장 뒤에 서 있는 놈의 엉덩이를 걷어차자 모두 고개를 푹 숙이고 걷기 시작했다.


─이놈들을 어디에 쓰실 겁니까?

그냥 묶어두고 가거나, 풀어주거나, 하다못해 기지의 임시 감옥에 넣은 다음에 교섭에 쓸 줄 알았다. 그러나 수현은 사무엘의 마을 쪽으로 그들을 데려가려고 하고 있었다. 이해가 가지 않았다.

'뭐하러 이놈들을 데리고 가서 위치를 노출하지?'

―기껏 잡았는데 써먹어야지.

―써먹으려면 기지로 데리고 가야 하는 거 아닙니까?

―이놈들은 데리고 가 봤자 의미가 없어. 진뤄궁쯤은 되어야 중국 쪽에서 고개를 숙이고 찾아오지. 데리고 가 봤자 꼬리를 자를걸?

애초에 버려도 되는 패를 사용해서 하는 게 이 작전의 핵심이었다. 수현한테 죽어도 되는 놈들을 모아서 보냈으니 사로잡는다고 해도 포로로서의 가치는 없다고 봐야 했다.

석방할 테니 조건을 붙여 교섭하려고 하면 '우리는 모르는 사람이고 독단적으로 한 행동이니 너희 알아서 해라' 하고 나오겠지.

그렇지만 상관없었다. 어떻게든 활용할 방법은 따로 있었으니까.

"잠깐, 이 방향은 기지 방향이 아닌데……?"

"저기도 기지 있어."

"뭐라고? 언제 기지를 건설한 거지?"

"네가 나한테 질문할 입장이냐? 걸어. 발 멈추지 마라! 내가 어떻게 할지 궁금한 놈은 발을 멈춰봐도 좋다."

수현의 말에 포로들은 벌벌 떨었다. 애초에 그를 잡기 위해 모인 게 아니었다. 기껏해야 죽어서 발목을 잡기 위해 모인 자들이었고, 당연히 수현에 대한 공포감으로 가득했다.

"우리를 어떻게 하려는 거지?"

"글쎄. 감옥에 넣고 중국 정부에 항의라도 할까? 이런 놈들이 나를 쫓아왔는데 일 처리 이렇게 할 거냐고 말이야."

남자의 얼굴이 어두워졌다. 저렇게 되면 정부가 할 일은 하나였다. 그들을 버리고 모르는 척할 것이다. 게다가 작전을 성공시키지 못했으니 약속했던 것들은 다 허사가 될 게 분명했다.

"소용없을 거다. 우리를 가지고 협박해 봤자 당은 우리를 챙기지 않을 테니까. 쓸데없는 수고는 하지 않는 게 좋을걸."

"나도 알아. 너희들을 위해서 중국 정부가 뭘 양보하거나 하지는 않겠지."

"그러면 어째서?"

"나한테 덤빈 놈들을 그냥 풀어줄 수는 없잖아? 수고스럽더라도 좀 정성스럽게 엿을 먹여줘야 다음에 올 놈들이 겁을 먹겠지. 아, 저런 작전에 투입되더라도 오히려 실수하면 저렇게 되겠구나 하고서 말이야."

"!!!"

"정말 잡아왔냐?! 여긴 감옥도 없는데?!"

"시, 실은 있습니다."

"......?"

사무엘이 대화에 끼어들자 잭은 고개를 돌렸다. 사무엘은 잭과 눈도 마주치지 못했다.

"원래 제 왕국…… 크흠, 제 마을에서 범죄자가 나오거나 외부에서 습격이 오면 잡아서 감옥에 가두려고 만든 곳이 있거든요. 물론 둘 다 안 나와서 지금은 방치해 둔 상태지만……."

"잘됐네. 거기에 가두면 되겠군."

"야, 야. 진짜 괜찮은 거 맞아? 이건 용병이 할 영역이 아니잖아."

이클립스는 쟁쟁한 초능력자들이 모인 팀이었지만, 그들은 어디까지나 민간 탐험 팀이었다. 잭이 거칠고 호방한 성격이었지만 이런 공작과는 거리가 멀었다. 특수부대나 할 짓을 그들이 하고 있으니 당혹스러울 수밖에 없었다.

"왜, 하기 싫냐?"

"하기 싫다는 게 아니라 당황스럽다는 거지. 우리가 이런 일을 할 필요가 있어? 그냥 위에 부탁만 하면……."

이클립스가 말하는 건 미국 정부나 한국 정부를 의미했다. 물론 미국 정부를 동원하면 이 주변의 공작도 가능했다.

그 말을 들은 수현은 고개를 저었다.

"편하긴 하겠지. 하지만 잭, 한 가지를 잊고 있군."

"뭘?"

"끼어드는 놈이 많으면 나눠 먹어야 하잖아."

"……."

옆에서 듣던 제니퍼가 감탄한 얼굴로 박수를 쳤다. 잭은 어처구니가 없다는 듯이 그녀에게 시선을 돌렸다.

"지금 이익 좀 독점하자고 이 귀찮은 일을 손수 하는 거냐?"

"이익 좀이라니. 어딜 봐서 '이익 좀'이야? 이런 일에 정부가 끼어들면 몫 팍 주는 거 알고 있을 텐데? 자기는 개인으로 돌아다니고 아쉬운 거 없다고 훼방 놓지 마. 블루베어는 회사인 만큼 철저하게 이익을 챙길 생각이거든."

"젠장."

잭은 투덜거리며 의자에 앉았다. 수현이나 제니퍼나 평소에는 헐렁한 거 같아도 계산기를 두드려야 하는 상황이 오면 한 치의 빈틈도 없어 보였다. 그는 저렇게까지 할 수도 없었고, 할 생각도 없었지만.

"그래! 알아서 해. 필요한 거 있으면 시키고."

"잘됐네. 필요한 거 있다."

"오, 뭔데?"

잭은 주먹을 부딪치며 말했다. 사실 끼워달라고 애를 써서 끼어든 것치고는 그가 한 일이 너무 없기는 했다. 그건 이클

립스도 마찬가지였다. 미국의 손꼽히는 초능력자라는 이름
이 의미 없게 느껴질 정도였다.

"보초 좀 서줘. 우리 쪽 대원들로만 돌리는 건 좀 그러니까."

"……."

잭은 그가 순간 잘못 들었나 했다.

"보초를 서라고?"

"너, 분명 온다고 할 때 시키는 건 뭐든지 한다고 하지 않
았나?"

"그게 그 소리냐!"

잭이 말한 '시키는 건 뭐든지 한다'는 건, 정말 강력한 몬
스터가 덤벼들어도 수현이 시킨다면 그가 목숨을 걸고 나서
겠다는 뜻에 가까웠다. 몬스터를 막아서서 동료들을 빠져나
가게 한다면 그 얼마나 의미가 있겠는가. 그는 수현이 그런
명령을 내려도 따를 수 있을 정도로 수현을 높이 샀다.

그런데 보초라니. 난이도는 미친 듯이 내려갔지만 자존심
도 미친 듯이 상했다.

"야, 우리 애들 중에서는 보초를 한 번도 서본 적 없는 애
들도 있어. 그런데 보초라니!"

"그래? 신기하네. 선 적이 없다니. 보통 신참일 때는 자주
서지 않나?"

"이클립스 팀원들은 워낙 강력한 초능력자다 보니, 각성

때부터 높은 지위에서 시작한 사람들이 조금 있지."

제니퍼가 어깨를 으쓱거리며 설명에 나섰다.

"그래? 잘됐네. 이번 기회에 새로 배우면 되겠군. 보초 원칙은 최소 2인 1조니까 열심히 배우라고 해. 새로운 경험도 하고, 완전 이득이군."

"이, 이봐."

잭은 수현이 농담을 하는 게 아니라는 걸 깨닫자 제니퍼에게 시선을 돌렸다.

블루베어 2팀은 블루베어의 상위 팀. 당연히 보초 같은 건 데리고 다니는 하위 팀에서 맡게 마련이었다. 그렇다면 그녀도 보초를 서라는 말에 자존심이 상하지 않았을까?

"블루베어 2팀은 보초를 서는 것에 아무 불만이 없냐? 정말로?!"

"응? 우리는 벌써 순서도 잡아놨는데?"

"……."

정말 당연하다는 듯이 대답하는 제니퍼의 태도를 보고 잭은 어지러워지는 것을 느꼈다.

"이, 밀 많네. 잭. 할 거야, 안 할 거야? 안 할 거면 대원들 데리고 돌아가."

"……하면 되지 않나! 하면! 순서표 보내주면 내가 직접 대원들한테 설명해 주겠다!"

잭이 씩씩거리며 걸어가자 제니퍼가 고개를 갸웃거리며 물었다.

"그런데 굳이 이클립스 애들까지 보초 서게 할 필요가 있었어? 이 주변에 저 포로들 데리러 작전 벌일 사람들도 없고, 몬스터도 별로 없잖아. 보초는 거의 명목 아니야?"

"내 팀이나 네 팀은 다 보초 서는데 쟤네들만 안 서면 불공평하잖아."

"……농담이지?"

"농담 아닌데?"

블루베어 2팀이야 워낙 수현과 인연이 길으니 그가 하라는 대로 했다. 팀장은 제니퍼여도 왠지 모르게 수현의 말을 더 잘 들을 것 같은 팀이었다.

당연히 보초를 서라고 할 때 거절을 했다가는 수현과 직접 대화를 하게 될 테니 아무도 거절하지 않았다. 예전에 수현에게 건방지게 굴었던 피터 화이트먼 같은 경우 손을 들고 가장 먼저 하겠다고 나서는 적극성을 보여주었다.

블루베어는 상위 팀이라도 한 팀이라는 소속감과 용병이라는 정체성을 갖고 있는 잘 정돈된 회사였다. 불합리한 명령을 받아도 회사의 명령이라면 불만 없이 따랐다.

그렇지만 이클립스는 달랐다. 다들 하나하나 자존심이 강한 초능력자들이었다. 게다가 그들은 용병 출신이 아니라,

최고들만 모은 상징적인 탐험가 팀이었다. 저런 명령은 괜히 자극할 수도 있는 명령이었다.

아연실색하던 제니퍼는 곧 고민을 멈췄다. 생각해 보니 수현이 어련히 알아서 하겠지 싶었던 것이다.

'싸워도 어차피 내 일 아니니까.'

이클립스가 불만을 품고 덤비더라도 그녀가 손해 보는 건 없었다.

<br>

그러나 놀랍게도 이클립스에서는 불만이 나오지 않았다. 잭이 단단히 갈무리를 했기 때문이었다.

"저 두 팀은 우리를 서포트하기 위해 붙은 게 아니다. 두 팀 다 우리보다 위치가 낮은 팀도 아니고. 동료로서 존중을 보여주려면 일을 나눠야 한다! 내가 가장 앞장서겠다!"

잭의 논리엔 설득력도 있었을뿐더러 그가 솔선수범해서 보초를 먼저 선다는데 투덜거릴 초능력자는 없었다. 잭은 그만큼 존경을 받고 있었다.

'생각보다 훨씬 카리스마가 있군. 평소에는 가벼워 보이는데 신기하단 말이야.'

아마 생사고락을 함께하며 먼저 나서는 행동으로 얻은 인망일 것이다. 수현은 그렇게 생각하며 지붕 위에서 어두운 밤하늘을 쳐다보았다. 카메론의 밤하늘은 지구와 비교도 되지 않는 선명함을 자랑했다.

지금 잭은 솔선수범해서 감옥 앞에 서 있었다. 심기가 불편해 보이는 그의 얼굴 때문에 감옥 안에 있는 포로들은 벌벌 떨었다. 그들 중에서 잭의 얼굴을 알아본 사람이 있었던 것이다.

그리고 감옥 밖에 있는 사람도 매우 긴장하고 있었다. 2인 1조로, 보초를 맡게 된…… 김창식이었다.

'젠장, 제비뽑기를 잘못해서!'

처음에는 일찍 끝내고 잘 수 있다고 생각했는데, 하필 심기 불편한 이클립스의 리더와 같이 서게 될 줄은 몰랐다.

수현이야 전 세계에서 먹히는 마법사니까 잭을 함부로 다루지, 다른 사람들 앞에서의 잭은 가만히 있어도 위엄을 내뿜는 사람이었다.

그에 비하면 김창식은 운이 좋았을 뿐인 용병이었다. 그의 초능력과 잭의 초능력을 비교해 본다면 웃음만 나왔다.

"그쪽이 김창식인가. 맞지?"

"아, 예."

"말 편하게 해도 돼."

"아, 아니. 지위가 있는데. 어떻게······."

"존중을 받을 자격이 있는 사람한테 존대를 받는 게 더 어색하군."

"예?"

김창식은 잭이 하는 말을 이해하지 못해 되물었다.

잭이 그를 존중하다니. 이게 무슨 귀신 씻나락 까먹는 소리?

"됐어. 내 앞에서는 그만 위장해도 돼. 내가 김수현 팀장한테 해가 가는 행동을 할 것도 아니고, 어디 가서 가볍게 입을 놀리고 다닐 사람도 아니니까. 못 믿겠으면 찰스 회장한테 물어보라고."

"???"

"나와 엇비슷한 화염 능력을 갖고 있더군. 그에 비해 철저하게 알려지지 않았고. 아마 김수현 팀장이 만약의 상황에 쓸 수 있도록 정보를 통제한 거겠지? 그 인간도 정말 치밀하고 능구렁이지만 너도 대단하군. 초능력자로서 명예욕 같은 게 들지도 않았나?"

"어······ 음······ 어······."

김창식은 뭐라고 대답해야 할지 몰라서 말끝을 흐렸다.

"팀장님을 믿었지?"

"대단하군. 그 정도로 신뢰하다니. 용병들 사이에서 그런 관계를 본 적이 없는데."

"내, 내가 무슨. 게다가 내 화염 능력은 네 화염 능력에 비해서는 별거 아니야."

"너무 겸손한데. 동양인들이 겸손한 경우가 많다지만 능력이 있는데도 겸손하면 그건 또 다른 오만이야. 게다가 나와 동급의 초능력자가 그렇게 겸손하면 내가 뭐가 되나?"

'아니라니까, 이 멍청한 XX야!'

김창식은 울고 싶었다. 이 초능력만 대단한 멍청이는 뭘 잘못 착각했는지 그를 동급으로 여기고 있었다.

"나와 동급, 어찌 보면 그 이상의 능력을 가지고서도 명예나 부 같은 건 신경도 쓰지 않고 리더의 말을 따르다니. 정말 대단해. 너 같은 부하를 둔 김수현 팀장도 대단하고 말이야. 내 대원들한테는 실례일 수도 있겠지만 부러울 정도야. 찰스 회장이 아끼는 이유가 있었어."

'마음대로 해라, 마음대로.'

김창식은 포기하고 어깨를 늘어뜨렸다. 상대는 뭐라고 해도 듣지 않을 것 같았다. 게다가 괜히 오해를 풀었다가는…….

─나를 속여?! 결투다!

'그래, 그냥 그렇게 생각해라…….'

"어? 잠깐, 찰스 회장이 아낀다고?"

"회장 저택에 주기적으로 찾아간다고 들었는데? 조카와도 친밀한 사이고."

'그건 김수현 팀장 운전수로 찾아간 거야…… 이 멍청한 자식아…….'

회장의 조카, 마리아하고의 관계를 제외하면 나머지는 다 헛발질이었다.

"김수현 팀장이 조심스러운 성격이긴 하지만 허락을 해준다면 언제 한번 모임에 나오는 것도 나쁘지 않겠지."

"모임? 뭔 모임?"

"미국 내 화염 계열 초능력자들의 모임이다."

이름은 가벼워 보여도 꽤나 대단한 권위를 갖고 있는 모임이었다. 소속된 초능력자들도 그렇고 안에서 연구되는 자료만 해도 어마어마했다. 미국 정부의 지원을 받는 모임이었던 것이다.

"난, 난 됐어."

"그래? 아쉽군."

김창식은 등에서 땀이 배어 나오는 걸 느꼈다. 빨리 시간이 다 되어서 교대를 하고 싶었다. 초능력자들의 모임이라니, 상상만 해도 끔찍했다.

−오. 저 동양인이 잭이 그렇게 칭찬했던 초능력자인가?

−얼마나 강력한지 궁금한데.

−이봐! 한번 보여달라고!

'안 돼!'

전 세계 단위로 망신을 겪을 수는 없었다.

이제 확실하게 알 수 있었다. 수현이 그에게 능력 숨기고 다니라고 말한 뜻을.

밝혀지면 활용하기가 어려워지는 것도 있었지만 무엇보다 그가 가장 개망신이었다.

"저 둘을 괜히 붙여놨나?"

수현은 하품을 하며 밑을 내려다보았다. 둘을 붙여놓은 건 그의 뜻이 아니었다. 자체적으로 한 제비뽑기에서 김창식이 꽝을 뽑았을 뿐.

이클립스의 초능력자들을 보초로 세운 건 딱히 그들을 괴롭히기 위해서가 아니었다. 물론 그나, 엉클 조 컴퍼니, 블루 베어는 다 보초를 서는데 안 서는 모습이 얄밉기는 했다.

그러나 본질적인 이유는 겁을 주기 위해서였다. 안에 있는 포로들에게.

원래 겁을 줄 때는 많이 알려져 있는 사람이 주는 게 효과적이었다. 수현도 아주 많이 알려져 있었지만, 저들은 수현에게 죽기 위해 온 이들이었기에 그렇게까지 효과적이지 않았다.

그에 비해 이클립스는 많이 알려져 있었고, 저들이 예상하지 못한 사람이었다.

안 그래도 갇혀서 마음이 심란한데 이클립스의 초능력자까지 보초를 선다면?

대체 그들에게 무슨 짓을 하려고 이러는지 긴장할 수밖에 없었다.

"슬슬 가 볼까."

수현이 안에 들어오자 꾸벅꾸벅 졸던 포로들은 당황해서 일어섰다.

"잠은 잘 잤나?"

"……"

"대화 좀 하자고. 하기 싫으면 말고."

"무슨 대화입니까?"

"서로에게 이익이 될 대화. 일단 앉지?"

"앉을 곳이 어디 있다고……?"

말이 끝나기도 전에 밖에서 의자와 탁자가 날아왔다. 남자는 떨떠름한 표정으로 의자 위에 앉았다.

"지금쯤 위에서는 무슨 생각을 하고 있을 거 같나?"

"……무슨 소립니까?"

"너희를 보낸 놈들이 무슨 생각을 하고 있을 것 같냐고."

"작전이 실패했다고 생각하고 있겠죠."

"아니, 아직 그 정도까지는 아니야. 알다시피 카메론에서 저런 통신은 꽤나 불안정하거든. 통신이 끊긴다고 해서 작전이 실패했다고 바로 단정 내리지는 않아."

"위가 바보가 아닌 이상 그것도 모르지는 않을 겁니다. 우리가 제압당하기 전 영상이 그대로 다 보내졌는데."

"눈치가 없군. 제압하기 전에 통신은 이미 차단시켰어."

"?!"

남자는 놀라서 수현을 쳐다보았다.

대체 언제?

수현과 구중철 옆에는 그런 장비가 전혀 없었다. 게다가 저런 통신 차단은 아주 가까이 붙지 않으면 효과가 약했다.

"그러니 너희 위쪽에서 지금 알고 있는 건, 잘 나가다가 너희들과 갑자기 통신이 끊겼다는 거겠지. 아직까지는 실패했다고 생각하지 않을 거야, 아직까지는."

수현의 말에서 남자는 그가 무언가를 원하고 있다는 걸 알아차렸다.

"뭘 원하는 겁니까?"

"그래, 이런 면에서라도 눈치가 빨라야지. 이름이?"

"러우차오."

"그래, 러우차오. 보아하니 네가 리더 같은데. 어디 소속이지? 중국군 소속 아니지?"

러우차오는 대답 대신 침묵했다. 그러나 수현은 이미 답을 짐작한 상태였다.

"정식으로 뛰던 군인은 티가 날뿐더러, 이런 작전에 보내지도 않지. 너희들이 받은 명령은 이거였겠지? 김수현한테 처참하게 당해서 발을 묶어라."

"……!"

러우차오는 경악했다. 일이 꼬였다는 건 알고 있었지만 이렇게 완전히 눈치채고 있었을 줄이야.

"그래서 어디 소속이었지? 원래 이런 건 마음대로 써도 안아쉬운 놈한테 하는 건데."

"……용병이었습니다."

"용병? 용병이 이런 일에 참가했다는 건, 뭔 잘못을 했나보군."

러우차오는 속으로 혀를 내둘렀다. 한국의 마법사는 중국의 내부 사정을 너무 잘 알고 있었다. 보통 이런 건 일개 개인이 알 수 있는 게 아니었는데.

"사법 거래를 했나? 잘 해결하면 풀어준다고? 아마 죽을 가능성이 큰데도 수락을 했다는 건…… 보상을 누구 다른 사람이 받나 보군."

"가족이 받습니다."

러우차오는 포기하고 입을 열었다. 수현은 이미 모든 걸 다 알고 있는 것 같았다.

"다른 놈들도 다 비슷한 건가?"

"예, 다들 잘못한 게 있어서 감옥에 들어갔다가 나온 놈들입니다."

"러우차오, 거래를 하자."

"……?"

러우차오는 의아하다는 표정으로 수현을 쳐다보았다.

"내가 시키는 일을 해라."

"그러면 우리에게 뭐가 좋습니까?"

"살 수 있지."

러우차오는 피식 웃었다.

"감사하지만 거절하겠습니다. 가족이 있어서요. 아마 다른 놈들한테 물어봐도 마찬가지일 겁니다."

이 작전에 선발된 조건 중 하나가 약점을 가지고 있어야 한다는 점이었다. 쉽게 다룰 수 없는 놈을 이런 작전에 보내지는 않았다.

"가족과 함께 살게 해준다면?"

"……!"

러우차오는 움찔했다.

"그, 무슨 말도 안 되는…….'

"말이 안 되지는 않지. 카메론에서 뛰던 용병들 가족이 본토에 있지는 않겠지. 아마 개척도시에 있을 거고. 리틀 베이징에서 사람을 빼내는 건 그렇게 어렵지 않아. 너희들 가족을 뭐 엄중히 감시하고 있을 것 같나? 지금은 그냥 내버려두고 있겠지."

이들의 가족은 이들이 배신했다는 게 공공연히 알려지면 연금당하겠지만, 그 전까지는 그냥 자유롭게 있을 수 있었다. 저런 사람들까지 관리할 정도로 중국 정부가 한가하지는 않았다.

"빼낼 거면 빨리 빼내야 해. 시간이 지나면 귀찮아질 수도 있으니까. 그러니 빠르게 결정하라고."

"정말 가족을 빼내주시는 겁니까?"

"가족을 빼내서 너희와 붙여준 다음 신분을 세탁해 줄 테니 지구로 가라고. 한국보다는 미국이 낫겠지. 거기서 행복하게 살면 되겠네."

"믿을 증거 같은 건……?"

수현은 피식 웃었다.

"나 상대로 자해공갈 하러 온 놈들이 뭘 그렇게 바라는 게 많아? 믿기 싫으면 하지 마. 아쉬운 거 없으니까. 주제 파악 좀 해라."

"……"

맞는 말이었다.

러우차오는 굳은 표정으로 고개를 끄덕였다.

"알겠습니다. 뭘 원하십니까?"

"아, 그 전에 일단 정보 공유부터 하자고. 이 작전, 누가 생각해 냈지?"

"저우량위 님입니다."

"저우량위, 저우량위…… 이름을 어디서 들어봤는데……."

기억이 가물거리는 걸 보니 현장에서 뛰는 게 아니라 위의 높은 놈일 가능성이 컸다.

"카메론에서 파벌 하나를 이끄는 사람입니다. 야심도 대단하고 머리도 뛰어나죠. 리우 신이 그 사람 파벌 소속입니다."

"아, 그놈이었군."

우샹카이의 상관 리허쥔처럼 한 파벌의 우두머리. 중국 중앙개척부에서 리허쥔과 대립각을 세우고 있는 놈이 분명했다.

"그놈이 떠올렸다고? 머리 잘 돌아가네. 혹시 아는 거 더 있나? 말하면 말하는 대로 보상을 해주지."

"정말 죄송합니다만 저희도 별로 아는 게 없습니다."

러우차오는 진심을 담은 표정으로 고개를 숙였다.

"저희는 원래 용병이었고, 대부분 감옥에 갇혀 있어서……
저우량위 님을 만난 것도 그 거래 때 한 번이었습니다."

"아직도 님을 붙이나?"

"에?"

"님은 빼. 뒤통수 쳐야 하는데 무슨 님이야."

"아, 예."

"가족들 주소는 알고 있겠지?"

"네."

"정리해서 나한테 보내도록. 일단 그것부터 준비하지."

─샤오메이를 시켜서 이놈들을 빼내. 그녀라면 잘할 거야.

"미쳤나?!"

우샹카이는 기겁했다. 이놈이 정말 미친 게 분명했다. 도
시 내에서 인질 역을 하고 있는 가족을 빼돌리라니.

"절대 안 돼! 발각되면 진짜 끝장이다!"

─그것도 못하면 공작부대 의미가 있나?

"찾고 데리고 나오는 것까지는 괜찮아. 그다음부터가 문

제라고. 우리가 데리고 차원문까지 가면 어떻게든 흔적이 남는다!"

ㅡ아, 그건 걱정 마. 도시 밖으로만 빼내. 다른 놈을 보낼 테니까 거기서 넘겨. 그 뒷일은 내가 알아서 한다.

우샹카이는 멈칫했다. 확실히 저 정도로 해준다면 그렇게 위험하지 않았다.

ㅡ지금 이게 누구 엿 먹이는 일인지 아나? 저우량위를 엿 먹이는 일이야.

"뭐? 저우량위?"

ㅡ놈이 직접 계획한 작전이라고 하던데.

"……."

저우량위를 엿 먹이는 일이라고 하니 조금 끌렸다.

"알겠다. 최대한 조심해서 빼내도록 하지."

ㅡ아, 그래그래. 조심해서 하라고.

우샹카이는 연락을 끊고 중얼거렸다.

"저놈, 아무리 생각해도 샤오메이하고 뭔가 있어……."


우샹카이와 대화를 끝낸 수현은 바로 다음 명령으로 넘어 갔다. 그가 갖고 있는 패는 많고 많았다.

ㅡ잘 지냈나? 아직 호수는 안 넘어왔지?

"어, 무슨 일이지?"

−저번에 내가 힘이 필요하면 도와준다고 하지 않았나?

"!?"

연락을 받은 용병 팀장, 이도전은 펄쩍 뛰었다. 그들은 예전에 수현이 누명을 벗겨준 용병들이었다. 주원준이 씌운 누명을 벗겨준 빚을 꼭 갚겠다고 생각했었는데, 이렇게 기회가 오다니.

"물론이다!"

−잘됐네. 그때 용병들 다 불러서 중국 쪽으로 좀 움직여 봐. 시간이랑 장소 불러줄 테니 거기로 가면 된다.

"거기에 뭐가 있는데?"

−망명하려는 사람들이 있지. 그 사람들 데리고 차원문 통과해서 미국으로 가. 정부에 미리 말해놓을 테니 신분은 임시 통과될 거다. 미국으로 가면 블루베어 쪽 회사를 찾아서 내 이름을 대고 찰스 회장과의 연락을 요청해. 지금 받아 적고 있나?

화려한 인맥의 연속 세례를 들으니 어질어질해지는 것 같았다. 이도전은 고개를 끄덕였다.

"그, 그래."

−좋아. 이걸 잘해내면 빚은 없다고 생각해도 좋아.

"걱정 마라. 잘해낼 테니까."

자칫하면 도시에 주둔하고 있는 중국군을 상대해야 할지

도 모르는 일이었는데, 이도전은 자신만만했다. 이런 일 정도는 손쉽게 처리할 수 있다는 자신감이었다.

"준비는 다 했다. 미국에 도착하면 바로 연락이 오겠지."

"감, 감사합니다!"

포로들은 수현 앞에서 무릎이라도 꿇을 것 같았다.

"고마워할 건 없고. 이제 그러면 내가 시키는 일을 해야지? 옷부터 입어. 최대한 중국군스럽게 입으라고."

"어…… 저희는 군 출신이 아닌데요."

"그게 뭐가 중요해? 어쨌든 차려입기나 해."

"……?"

이해는 가지 않았지만 누구 명령이라고 거스르겠는가. 그들은 주섬주섬 옷을 입었다.

"좋아, 지금부터 지시하는 걸 잘 기억해 두고 그대로 하면 된다."

계획은 간단했다. 디브라오 지역으로 들어가 최대한 위협적인 모습을 보여주면 됐다. 저들의 모습을 본다면 군대의 척후병이라고 생각할 게 분명했다.

"이, 이종족을 공격해야 합니까?"

"너희들은 나 상대로 자해공갈도 하려고 했으면서 이종족 공격은 망설여지냐? 그리고 이종족 공격할 필요 없어."

"위협적으로 굴라고 하지 않으셨습니까?"

"위협적으로 굴라고 했지, 공격하랬냐? 욕설이나 그런 거 있잖아. 아, 그리고 통역기는 꺼라. 놈들이 중국어를 들어야 할 필요가 있으니까."

"반격하면…… 그냥 맞아야 합니까?"

"그래, 그냥 맞아라."

역시 자해공갈인가.

그들의 얼굴이 어두워졌다.

"맞고서 죽을 거 같으면 이걸 쓰고."

"이건…… 급속 치료제……!"

한 개가 용병 한 명 목숨값보다 비싸서 못 쓰겠다는 농담이 돌아다니는 물건이었다. 그런 걸 대충 꺼내서 몇 개씩 뿌리는 걸 보자 입이 다물어지지 않았다.

"그런데 그놈들이 워낙 폐쇄적이고 겁이 많아서 어지간해서는 공격 안 할 거야. 너무 걱정할 필요 없어."

"예? 다크 엘프들도 있다고……?"

"다크 엘프라고 해서 무조건 호전적인 건 아니지. 어쨌든 정신 차리고, 최대한 위협적으로 군 다음 돌아와. 기억해. 중국어만 사용하라고."

포로들은 고개를 끄덕이고 준비를 마친 후 출발했다.

"잘될까?"

"무슨 뜻이지? 저놈들이 제대로 할지 걱정된다는 거야, 아니면 효과가 있을지 걱정된다는 거야?"

"둘 다."

"제대로 하는 건 걱정 안 해도 돼. 저놈들은 누구보다도 더 간절한 상태니까. 그리고 공작이 효과가 있을지는…… 나도 확신은 못 하지. 하지만 우리 같은 용병이 아니라, 저렇게 복장과 제식이 통일된 군인들이 보이면 효과는 더 있을 거야. 지하왕국의 종족들이라고 해서 아무 연줄도 없는 건 아니지. 알고 지내는 다른 이종족들이 있을 테니 그들을 통해서 확인을 할 거고. 그다음에는 우리가 했던 말이 사실이라는 게 알게 될 거다. 물론 가장 이상적인 경우지만. 안 되면 또 다른 방법이 있으니까."

그리고 수현은 저들을 저 용도로만 쓸 생각이 없었다. 기껏 가족까지 빼오는 고생을 한 이상 톡톡히 써먹을 생각이었다.

# 60장
## 자해공갈단(2)

그러는 사이 러우차오를 필두로 한 포로들은 지시를 받은 곳으로 움직이고 있었다.

"정말 하라는 대로 할 거냐?"

작전이 틀어진 이상 위계질서는 의미가 없었다. 그들은 원래 다 같은 죄수였다. 러우차오가 경력이 좀 많았기에 임시로 대장을 맡았을 뿐.

"그러면 다른 방법 있냐?"

"……."

수현을 믿지 않는 포로들도 다른 방법이 없다는 것에는 동의했다. 그리고 수현이 마음만 먹는다면 그들의 인생을 매우 꼬아버릴 수 있다는 것도.

"도망치는 게 낫지 않을까?"

"가족들은?"

"만약 놈이 시키는 대로 했다가 놈이 배신이라도 한다면……
더 끔찍한 꼴을 당할 거야. 그냥 이대로 도망치는 게 나을 수도
있어. 작전 도중 실종되어버리면 우리가 배신했다고 생각하
지는 않을 테니까. 김수현한테 당했거나 다른 놈한테 당해서
죽었다고 생각하겠지."

남자의 말이 설득력 있었는지 다른 포로 하나가 입을 열
었다.

"그다음에는 어디로 도망치는데?"

"카메룬엔 도망칠 곳이 많아. 몬스터만 신경 쓰지 않는다면
얼마든지 도망칠 수 있다고. 멈추지 않고 계속 도망치면……."

"의미 없는 짓이다."

러우차오는 고개를 저었다. 수현이 이 상황까지 예측했을
거라고는 상상도 못 했다. 수현이 그들을 보내기 전에 그를
불러서 따로 이야기를 꺼낸 것이다.


"너희들 중에서 나를 못 믿는 놈들이 한 절반은 될 거야. 아니, 2/3
정도? 어쨌든 그놈들은 내가 풀어주면 갑자기 용기가 생겨서 고민을 하
게 되겠지. 김수현이 과연 약속을 지킬까? 그냥 도망쳐서 사라지는
게 가장 안전하지 않을까? 이런 소리 꺼내는 놈이 있으면 친절하게

말해줘라. 만약 너희들이 약속을 지키지 않으면 난 중국 쪽에 조작된 정보를 풀 거야. 너희들이 우리한테 붙고, 신분 세탁을 한 다음 잠적했다고. 너희 가족이 어떻게 될지는 알 수 있겠지?"

"……!"


러우차오가 수현이 해준 말을 설명하자 모두가 이를 악물었다.

"빌어먹을 놈!"

"마법사 주제에 왜 이렇게 쪼잔해?!"

"우리는 놈이 약속을 지켜주기를 바랄 수밖에 없어."

"믿을 수 있겠냐?"

"몰라. 믿을 수밖에 없으니까 믿는 거지. 놈이 적에게도 약속을 지켜주기를 빌자고."

부스럭거리는 소리가 레이더에 잡혔다. 그들은 수신호로 서로 의사를 교환하고 각자 자리에 숨었다. 저 멀리서 다크 엘프들이 움직이는 게 보였다.

그들의 얼굴이 긴장으로 물들었다. 다크 엘프는 언제나 위협적인 상대였다. 카메론 개척 초기에 몬스터보다 더 막대한 피해를 입힌 게 그들이었던 것이다.

'지금?'

'지금.'

팍!

그들은 자리를 박차고 달려 나갔다. 거친 고함과 욕설이 쏟아져 나오자 정찰대 다크 엘프들은 화들짝 놀랐다. 그러나 사실 더 겁먹은 건 포로들이었다. 수현이 공격을 하지 말라고 했으니 할 수 있는 건 위협밖에 없었다.

문제는 상대는 전혀 그런 걸 신경 쓰지 않는다는 점이었다. 치료제가 있더라도 맞는 건 유쾌한 경험이 아니었다.

"도망간다……?"

"도망치지 마라! 돌아와!"

통역기를 끈 상태였으니 그들의 말이 통할 리 없었다. 포로들은 일단 놀랐지만 교육받은 대로 행동했다. 도망치는 다크 엘프들의 뒤에 대고 소리를 지른 것이다.

"왜 도망치는 거지? 다크 엘프들이 원래 저랬나?"

"우리 보고 겁먹은 거 아니야? 원래 못 보던 사람들이니까……."

"어쨌든 좋은 거 아닌가?"

"그래, 일단 그렇긴 한데."

러우차오는 찜찜했지만 고개를 끄덕였다. 그들이 공격을 안 하면 좋은 거였다. 괜히 물고 늘어질 필요가 없었다.

한 번으로 끝내면 안 됐다. 그들은 돌아다니면서 드워프나 다크 엘프가 보이면 위협적으로 굴고 덤비려는 흉내를 냈다.

그러나 이종족들은 한 번도 맞대응을 하지 않았다. 그들은 그저 빠르게 후퇴할 뿐이었다.

"정말 신기하군."

"횟수 채웠으니까 돌아가자. 놈이 우리를 속였는지 속이지 않았는지 확인해야지."

"잠깐, 그 방향이 아니야."

"뭐 그렇게 깐깐하게 해?"

"놈이 그랬다고. 정해진 길에서 벗어나는 순간 약속을 어긴 걸로 알겠다고."

수현은 이들을 보내면서 움직여도 되는 곳과 움직이면 안 되는 곳을 엄격하게 지정했다. 기껏 인력을 동원해서 가족들을 다 빼돌렸는데 정작 이놈들이 디브라오에서 실종되면 그만한 코미디도 없었다.

"까다로운 자식. 일단 돌아가 보자고."

"반격을 하지 않았다고?"

"그냥 도망만 쳤습니다."

"흠."

수현은 고개를 끄덕였다. 역시 예상대로였다. 드워프들의 무르노는 그 밑에 지내는 것치고는 넓은 식견을 갖고 있었다. 다크 엘프들과 사이가 친밀하지는 않더라도 정보 공유 정도는 할 것이다.

앞으로 이 주변에 인간들이 더 올 수 있고, 그들을 마주치게 되면 어떻게 할 것인가?

수현의 말을 믿은 건 아니지만 완전히 흘릴 수도 없었다. 실제로 그렇게 된다면 꽤나 위협적인 일이었으니까.

아마 그는 정찰대에게 명령을 내렸을 것이다. 인간과 마주치게 되면 절대로 싸우지 말라고.

외부인들이 접근할 핑계를 차단하려는 속셈이 분명했다.

'꽤나 똑똑하군. 그러니까 예전에도 난공불락이었지……잘 먹혔으면 좋겠는데.'

지하왕국의 이종족들도 외부와 소통을 할 것이다. 외부의 이종족들과 이야기를 하고 나서, 그들이 만난 세력이 얼마나 위협적인 세력인지 알고 나면 수현에게 접촉해 올 가능성이 컸다.

물론 꽤나 걸리겠지만…….

"저, 저희 가족은 어떻게 됐습니까?"

"지금 정신없이 옮기고 있을 거다."

"……!"

포로들은 서로 시선을 교환했다.

저 말이 정말일까?

수현은 피식 웃으면서 물었다.

"왜, 못 믿겠나?"

"아, 아니. 그게 아니라……."

수현이 없을 때나 그를 믿지 못하겠다고 투덜거렸지, 그의 앞에서 그를 못 믿겠다고는 말할 수 없었다. 까놓고 말해서 수현이 변덕만 부려도 그들의 목숨은 날아가니까.

"아마 지금쯤 정신없이 움직이고 있을 거야. 연락을 해보겠지만 큰 기대는 하지 말라고."

수현은 연락을 해보라고 신호했다. 김동욱이 연결을 시도하자 잠시 후 긴장한 목소리가 들렸다.

−뭐지?

"뭐긴 뭐야. 잘되어 가고 있나 확인하려고 연락했다."

−잘되어 가고 있다! 얼마나 아슬아슬했는지 넌 상상도 못할 거다.

중국군을 정면으로 맞닥뜨리지는 않았지만, 발각되면 바로 체포되는 상황이었다. 충분히 긴장될 수밖에 없었다.

그러나 중국군과 정면으로 붙은 경험이 수십 번을 넘어가는 수현에게 저런 말은 번데기 앞에서 주름잡는 말로밖에 느껴지지 않았다.

"그래, 그래. 엄청 아슬아슬했겠지."

─뭔가 무시하는 느낌인데……?

"네 착각이야. 그래서 지금 어디까지 왔지?"

─바로 차원문으로 가고 있다. 네가 말한 대로 했고, 통과하면 바로 비행기를 타고 미국으로 갈 거다. 변경사항 있나?

"없어. 아, 여기 가족들 보고 싶어 하는 사람들 있는데. 연결 좀 해주지."

─뭐? 정신없어 죽겠는데…… 알겠어. 말해보라고 해.

"……!"

포로들은 우르르 달려가서 먼저 말해보겠다고 서로를 밀쳐 대기 시작했다. 의자에서 튕겨 나간 김동욱은 어이가 없다는 듯이 입을 뻐끔거리며 그들을 가리켰다.

"포로 주제에 이래도 됩니까?"

"봐줘라. 급하다잖아."

그들은 급하게 한 명씩 짧게 서로를 확인했다. 그리 길지 않은 연락 시간이 끝나자, 그들의 표정은 확실히 바뀌어 있었다. 그들은 감격한 표정으로 수현을 쳐다보고 있었다.

"감사합니다! 정말 감사합니다!"

"너희들 중 절반은 날 안 믿었을 것 같은데."

"……!"

속마음을 들킨 일부가 얼굴을 붉혔다.

수현은 그럴 수도 있다는 듯이 손짓하며 말했다.

"그럴 수도 있지. 원래 다른 사람을 믿는 건 힘든 법이거든."

"의심해서 죄송했습니다!"

"다시는 의심하지 않겠습니다!"

"아니, 의심해도 상관은 없고. 어쨌든 내가 약속을 지켰다는 걸 알겠지?"

"예!"

"그러면 좀 기다려. 다음 일을 시키기까지는 시간이 좀 걸릴 테니까."

"……."

"왜, 가족들 다 안전한 곳에 갔으니 이제 나하고 한 약속은 안 지켜도 되겠다 싶은 건가? 그렇게 생각한다면 어쩔 수 없지. 떠나라고."

말이 떠나라는 거지, 수현이 연락만 하면 가족들을 통째로 묶어서 중국으로 배송시킬 수 있는 상황에서 저건 그냥 협박이었다.

"……아닙니다."

"정말 아니야? 난 떠나도 상관없는데."

"아닙니다!"

"허, 이렇게 충성심이 높다니. 감동적이군."

잭이 수현의 옆구리를 찌르며 말했다.

"그만 괴롭혀라."

"나 상대로 자해공갈 하러 온 놈들이 뭐가 예쁘다고……."

그래도 포로들은 그 이후로 불만을 보여주지 않았다. 가족들이 완전히 빼돌려진 걸 확인했으니 불안감이 사라진 것이다. 이제 수현과의 약속만 해결하면 그들은 자유롭게 돌아갈 수 있었다.

수현은 원래 지하왕국과의 협상이 마무리된 다음 다시 포로들을 활용하려고 했었다. 중국 쪽을 엿 먹이는 일에.

수현은 지하왕국의 이종족들이 무슨 통신망이 있는 것도 아니니 그들도 소식을 모으고 결정을 내리는 데 꽤나 걸릴 것이라고 추측했고, 그에 따라서 시간도 꽤나 넉넉하게 잡아 놓았다. 느긋하게 기다릴 생각이었다.

그러나 일주일도 지나지 않아 그들의 사신이 도착했다. 수현을 만나고 싶다는 요청이었다.

"만나고 싶다고?"

"예, 저번의 무례를 사과하고 싶다고 말씀하셨습니다."

무례를 사과하려면 바로 연락을 했겠지.

수현은 그렇게 생각했다. 저건 그냥 수현과 만나기 위한 핑계였다. 의도를 드러내고 부르면 고개를 숙이고 들어가게 되니…….

'그런데 대체 어떻게 결정을 내린 거지? 이건 너무 빠른데?'

수현은 움직일 준비를 했다. 이런 식으로 변수가 생기니

마음이 복잡했다. 지하왕국의 이종족들이 동전을 던져서 결정을 내린 게 아니라면 이렇게 빠르게 결정을 내릴 수는 없었다.

'빠르게 결정 나면 좋은 거긴 한데, 불안하군.'

자리에는 상상치도 못한 인간…… 아니, 오크가 있었다.

"헤르쿨, 그리고 넌…… 이름을 까먹었는데."

"카자크다, 이 빌어먹을 인간."

"카자크, 예의를 지켜라."

"죄송합니다."

북쪽 하임켄의 족장, 헤르쿨과 그의 호위인 카자크가 지하왕국의 회의장에 있었다.

이 믿지 못할 현상에 수현은 눈을 깜박였다.

대체 어떻게 이게 가능한 거지?

"저 오크가 족장이야?"

"아니, 저 오크는 호위고 옆에 작은 오크가 족장."

"아."

제니퍼는 처음 보는 사람이 으레 그렇듯이 헤르쿨과 카자크의 관계를 반대로 생각했다.

"왜 여기에 있는 거지?"

"여기 드워프들에게 연락을 받았다. 이들이 아는 이종족들 중에서 우리만큼 인간과 교류를 하는 종족도 드무니까 말이다."

말은 그럴듯했다. 확실히 하임켄 정도면 이종족 도시 중 규모가 손꼽히는 도시였고, 헤르쿨은 나름 믿을 만한 인격자 오크였다.

조언을 구한다면 나쁘지 않았다. 게다가 하임켄은 개척 초기부터 인간과 교류를 했던 곳이었으니…….

문제는 그가 어떻게 여기에 있느냐였다. 하임켄에서 디브라오까지. 아무리 생각해도 너무 멀었다. 헤르쿨 정도의 위치가 직접 올 거리가 아니었다.

"일부러 말을 돌리고 있군? 내가 뭘 물어본 건지 알 텐데."

"으하하하. 난 잘 모르겠군."

"벌써 신물을 찾아준 은혜를 잊었나?"

"그건 다른 걸로 갚았잖아. 게다가 여기 이종족들에게 이야기도 해줬다고. 그 정도면 충분하지."

수현은 헤르쿨의 말에서 그가 여기 이종족들을 설득시켰다는 걸 알아차렸다. 생각지도 못한 행운이었다.

"중국 쪽이 신물을 도난하고 작전을 걸었다는 걸 말해주고, 네 도움으로 막아낼 수 있었다고 말했지. 그리고 그 이후로 별다른 간섭도 안 했고 말이야."

사실만 따로 놓고 본다면 수현만 한 인격자도 없었다. 물론 그 뒷사정을 안다면 이야기가 달라졌지만.

그러나 지금 수현에게 그런 건 문제가 아니었다. 지금 그는 지하왕국보다는 헤르쿨의 비밀이 더 신경 쓰였다.

헤르쿨에게 그가 모르는 비밀이 있었다. 드래곤 브레스가 담긴 일시적인 아티팩트만이 비밀이라고 생각했었는데……생각해 보니 하임켄 같은 도시에는 수현이 모르는 비밀이 더 있다고 해도 놀랍지 않았다.

'능구렁이 같은 자식, 괜히 족장을 하는 게 아니었군.'

그때 상황을 생각해 본다면 헤르쿨이 무언가를 더 숨겼다고는 생각할 수가 없었다. 그만큼 헤르쿨이 몰려 있던 상황이었으니까.

수현의 시선을 눈치챘는지 헤르쿨이 쓴웃음을 지으며 말했다.

"아니, 그런데 정말로…… 속인 건 아니야. 애초에 내가 다 말해줘야 할 의무가 있는 것도 아닌데 속였다는 표현을 하는 게 웃기지만."

"잘 모르겠군. 설명을 해주지 않으면 알 수가 없겠는데."

"간략하게 말해주자면…… 우리는 여기 이놈들과 소통할 방법이 있어."

"……!"

수현은 그 말뜻을 바로 알아차렸다. 카메론에는 아직 그가 알지 못하는 것이 많았다. 단순히 소통할 방법이 아니라, 헤르쿨이 직접 여기에 왔다는 것은?

"설마…… 그 거리를 순간이동하는 게 가능하다고?"

초능력 중에 순간이동이 있기는 했지만, 그건 어디까지나 몇백 미터 수준의 이동이었다. 초장거리 이동은 많은 연구자들이 연구하고 있었지만 전혀 성과가 없었다.

"더 이상은 말해줄 수가 없군."

"뭘 원하지?"

"원하는 게 있는 게 아니다. 내가 말해주고 싶어도 우리 혼자만의 문제가 아니라서 말 못 하는 거지. 이 정도 말해주는 것도 네가 어디 가서 입을 놀리지 않을 거라는 확신이 있으니까 말해주는 거고."

"웃기는 소리 하고 있군. 말 안 하면 내가 귀찮게 할까 봐 그런 거겠지. 간단하게 설명을 해놓고 어쩔 수 없다는 듯이 말하면 내가 뒷조사는 안 할 테니까."

속마음을 들킨 헤르쿨은 시선을 피했다. 수현은 고개를 저었다.

"이야기하고 있었나? 여기는 다크 엘프 대표네."

무르노가 다크 엘프와 같이 들어왔다. 다크 엘프는 깐깐해

보이는 인상을 갖고 있었다. 한눈에 봐도 평범한 다크 엘프
는 아니었다.

"둘이 아는 사이라고 들어서 놀랐네. 하임켄은 인간과 접
촉이 많은 곳이라고 들었지만 그렇다고 이렇게 직접적으로
인연이 있을 줄이야."

"제가 도움을 많이 받았습니다."

헤르쿨이 넉살 좋게 말했다. 수현은 그에게 눈빛으로 감사
를 보냈다. 서로 좋은 게 좋은 것이었다. 이런 면에서 헤르쿨
은 눈치가 빨랐다.

"저번에 말했었지. 인간들이 이 주변으로 오면 상당히 귀
찮아질 거라고. 아무리 빨라도 십 년은 넘게 걸릴 테니 아직
먼일인 줄 알았는데, 생각보다 빨리 보이더군. 중국이라고
했나? 어느 정도로 강력한 나라지?"

"헤르쿨이 말 안 했습니까?"

직접 당한 헤르쿨인 만큼 말해줄 것도 많았다. 무르노는
수염을 쓰다듬으며 말했다.

"듣긴 들었지. 1/100만 동원해도 여기 지하왕국 성노는 점
령 가능한, 강력한 곳이라고 하더군. 그렇지만 나는 인간 사
회에 소속되어 있는 자네의 의견이 궁금하네. 헤르쿨은 아무
래도 한계가 있을 테니까."

"말은 맞습니다. 다만 중국도 그렇고 다른 곳도 그렇고,

여기서 그렇게 노골적인 행동은 할 수 없습니다. 대규모로 군대를 움직이거나 하는 짓은 금지되어 있거든요."

"금지? 누구한테?"

"중국만 있는 게 아닙니다. 여러 국가가 차원문을 통해 이 카메론에 진출해 있는 상태죠."

"그렇다면 서로 이익이 맞는 경우에, 그들이 연합해서 여기를 공격할 수도 있나?"

"불가능하지는 않습니다만 그럴 가능성은 거의 없습니다. 인류는 일단 표면적으로는 예의를 지키는 종이거든요. 겪은 일들이 일들이라 노골적으로 점령하거나 식민지로 만드는 짓은 불가능합니다. 서로가 서로를 견제하는 시스템 때문에요."

"잘 믿겨지지가 않는군. 그만큼 강력한데도 힘을 아낀다니."

"역사가 길어서 그렇죠, 뭐."

"그렇다면 안심해도 되는 건가?"

무르노는 이미 알면서 묻고 있었다. 수현은 피식 웃으면서 대답했다.

"헤르쿨한테 이미 들었으면 아실 텐데, 왜 자꾸 의미 없는 대화를 반복하는 건지 모르겠습니다. 군대를 이끌고 점령을 못 한다는 거지 다른 방식을 시도 못 한다는 건 아닙니다. 하임켄처럼 교류를 시도하고 안으로 들어와서 정권 친화적인 이종족을 내세우는 건 흔한 방식이죠. 물론 그 과정에서 단단히 이익을 챙깁니다. 신물이 분실된 건 그 예시 중 하나죠."

"자네가 신물을 찾아줬다더군."

"해야 할 일을 했을 뿐입니다."

그 말을 들은 무르노와 다크 엘프 대표의 눈빛이 변했다. 둘은 호의적이고 존경 섞인 시선을 수현에게 보냈다.

헤르쿨은 어이가 없어서 속으로 헛웃음을 터뜨렸다.

저 뻔뻔한 놈.

"자네가 그…… 중국보다 믿을 만한 사람이라는 건 알겠네. 그렇게 음흉한 짓을 할 수 있는 세력보다는 자네처럼 명예가 뭔지 아는 사람이 더 믿을 만하겠지. 다만 우리는 여전히 불안하네. 자네는 뭘 원하고, 뭘 해줄 수 있나?"

"뭘 해줄 수 있느냐. 이건 사실 간단합니다. 이종족이 원칙적으로 할 수 있는 가장 최선의 수비는 접촉 자체를 피하는 겁니다. 중국이 하임켄에 저런 짓이 가능했던 건 하임켄이 워낙 교류가 많았기 때문이죠. 안에 인간들도 자유롭게 돌아다니는 편이고 오크들과도 접촉이 가능했으니 저런 공작이 가능했던 겁니다."

수현의 말에 둘은 빨려들듯이 집중했다. 이런 공작에 관해서는 앉은 자리에서 수십 가지 넘게 말할 수 있는 수현이었다.

"중국 쪽에서 어떤 이득을 제시하면서 거래를 제안해도 다 거절하시면 됩니다. 물론 이런 건 사실 힘듭니다. 처음에 보면 정말 퍼주기식으로 선물을 해오거든요. 거절하기가 힘들죠. 하지만 한번 받기 시작하면 그다음부터는 교류가 시작될 수밖에 없습니다."

다크 엘프 대표가 손을 들었다.

"잠깐, 그 말이 사실이라면 자네와도 접촉을 하지 말아야 하는 것 아닌가?"

"원칙적으로는 그게 가장 최선인데, 사실 그게 가능하면 제가 여기에 있지도 않았겠죠. 두 분도 알고 계실 겁니다. 접촉을 아예 피하는 건 불가능하다는 걸."

"으음……."

지하왕국에서 지내고 있었지만, 그들도 필요하면 위로 올라와서 원하는 걸 찾아야 했다.

인간들이 그 주변에서 돌아다닌다면 접촉을 피할 수는 없었다. 마음만 먹는다면 구실을 붙여서 접촉을 해올 것이다.

"저는 이런 부류의 공작에 대해서 잘 알고 있습니다. 예시를 몇 개 들어보죠. 군인들 같은 경우에, 먼저 이종족을 공격하면 안 되는 법안이 있습니다. 물론 이게 절대적인 건 아니지만 그래도 발각될 경우 매우 엄한 처벌을 받기에 지켜지는 경우가 많죠. 그러면 어떻게 하느냐? 이종족을 발견하면 그냥 위협을 시도합니다. 이 방식은 특히 인간에게 익숙하지 않은 이종족들에게 효과적인데, 통역기가 없는 이상인간의 큰 외침이나 동작은 위협적으로 여겨질 때가 많기 때문입니다."

"!!!"

둘은 서로의 시선을 교환했다. 수현이 말하고 있는 건 정찰대가 밖에서 겪은 일과 비슷했다. 밖에서 돌아다니다가 비슷한 군복을 입고 덤빈 놈들.

무르노는 만약의 사태에 대비해 무슨 일이 생기더라도 일단 후퇴해서 보고하라고 말을 해뒀고, 덕분에 유혈 사태는 일어나지 않았다.

지금 수현의 말을 들어보니 그때 공격을 했다면…….

"공격을 하면 어떻게 되지?"

어느새 무르노는 수현의 화법에 넘어와 있었다.

"공격을 하면 넘어가는 겁니다. 구실이 만들어지는 거죠. 그 자리에서 이종족들을 구금할 수도 있고 놓칠 경우 본거지로 찾아가 말을 겁니다. '너희들 때문에 우리가 이렇게 다쳤다. 너희에게 사과를 받고 싶다. 그리고 앞으로 이런 일이 없도록 교류를 하고 싶다.' 이렇게요. 이 과정에서 좀 무력시위가 들어갈 수도 있고, 몇몇 만만해 보이는 인물을 상대로 공작이 들어갈 수도 있습니다. 대충 이 정도가 기본 단계죠."

"……!"

무르노는 등에 식은땀이 배어 나오는 걸 느꼈다. 수현이 말하는 건 지금 상황과 정확히 일치했다.

"천만다행이군……."

"그런 일이 있었습니까?"

"숨기는 것도 의미가 없겠지. 그렇다네."

"중국 쪽이?"

무르노는 고개를 끄덕였다.

"그건 좀 큰일인데요. 보통 이런 작전은 한 번 실패한다고 끝나는 게 아닙니다. 놈들도 다 명령을 받고 하는 일이라 성공을 시켜야 하거든요. 더 강하게 도발하고, 다른 방식을 고민하고 할 겁니다."

"정찰대를 한동안 보내지 말아야 하나?"

"일시적인 방안입니다. 그리고 아예 안 보내면 지하왕국이 꽤 곤란할 텐데요."

"으음."

"자, 그러면 제가 뭘 해드릴 수 있는지로 넘어가겠습니다. 일단 카메론에서 다른 곳과 계약을 맺고 있는 곳은 어지간해서는 건드리지 않는 불문율이 있습니다. 일단 저희와 인연을 맺는 것만으로도 방어막이 되는 거죠."

"트롤을 몰아내고 오우거를 불러오는 거 아니냐?"

다크 엘프 대표가 무르노의 귓가에 대고 속삭였다. 수현이라는 인간이 워낙 달변이다 보니 불안해지기 시작한 것이다.

무르노는 곤란하다는 듯이 어깨를 으쓱거렸다.

수현은 그 말을 듣고서 다크 엘프 대표에게 시선을 돌렸다. 그는 수현의 시선을 받자 움찔했다.

"그 걱정도 타당합니다. 하지만 차이가 있죠. 중국 쪽은 국가지만, 저희는 그냥 기업입니다. 저희는 거래를 하더라도 내부 간섭이나 물갈이 시도는 조금도 하지 않죠."

"그걸 믿을 수가 있나?"

"믿을 필요 없습니다."

"……!"

"아예 안으로 들어가지도 않을 테니까요."

"……!!"

무르노는 놀랐다.

이게 무슨 소리지?

"거래는 정해진 시간에 정해진 장소에서 그쪽에서 선별한 인원이 나와서 이쪽 담당자와 하는 것으로 합시다. 사전에 어떤 것들을 갖고 있는지 상세하게 정리해서 보내주시면 그걸로 됩니다. 외부 접촉 같은 건 알아서 관리하실 수 있을 거라 믿습니다. 그것도 설마 못하시지는 않을 테니까."

"아예 들어오지도 않겠다고?"

"저야 들어가고 싶고 관광도 하고 싶지만 그걸 좋아하시지는 않잖습니까?"

헤르쿨은 의아하다는 표정으로 수현을 쳐다보았다. 원래 저놈은 저렇게 굽히는 놈이 아니었다. 특히 저렇게 겁을 줘서 유리한 입장이 된 상황에는 더더욱. 원래라면 더 겁을 줘서 그들을 홀리듯이 계약을 하게 했어야 하는 상황인데, 저렇게 친절하다니?

'우리는 오크라서 차별한 거냐?'

"대신 원하는 게 있습니다."

"뭐지?"

"여기 헤르쿨은 저 차원문 북쪽의 하임켄에 있었죠. 그런데 순식간에 여기에 와 있습니다. 아무리 생각해도 이해가 가지 않는군요."

"우리들도 인간들처럼 이동 수단이 있네."

다크 엘프 대표가 말했지만 수현은 어이가 없다는 듯이 웃을 뿐이었다.

"무슨 이동 수단이요. 말이요?"

"그…… 건 비밀이야."

"그만, 그만해요. 어차피 저 인간은 짐작하고 있을 겁니다. 그런 거짓말은 의미가 없습니다."

"크흠."

무르노가 말하자 다크 엘프는 시선을 돌렸다. 무르노는 수현을 보며 물었다.

"그래서? 그 이야기는 왜 꺼낸 거지?"

"제 추측은 이겁니다. 하임켄과 이 지하왕국은 모종의 이동 수단이 있다. 그걸 원합니다."

무르노는 한숨을 쉬었다. 애초에 헤르쿨을 불렀을 때부터 이 비밀이 저 인간에게 발각되는 것은 각오하고 있었다. 그만큼 상황이 좋지 않았던 것이다.

아무리 생각해도 그 제복을 입은 병사들은 무슨 공작의 시작 단계 같았다. 지금 나서서 막지 않는다면 나중에는 땅을 치고 후회할지도 몰랐다.

그래서 헤르쿨을 불렀다. 오랫동안 하임켄과는 연락을 하지 않았었다. 필요한 일이 있으면 서로 협력할 수 있도록 비상 장치가 있기는 했지만, 사실 그 장치를 쓸 일이 별로 없었으니까.

사실 저 멀리 있는 오크들과 연락해서 할 수 있는 일이 뭐가 있겠는가? 이런 예외적인 경우가 아니라면.

"좋아, 말해주겠네."

"······?"

이번에는 수현이 놀랐다.

이렇게 쉽게 말해주다니?

비밀이 뭔지는 몰랐지만, 저 먼 거리를 이동시켜 주는 물건이라면 절대로 만만한 비밀이 아니었다.

그런 걸 이렇게 쉽게?

그렇다면 두 가지밖에 없었다. 그들이 이걸 그렇게 중요시하게 여기지 않거나…… 말해주더라도 수현이 뭘 할 수 있는 방법이 없거나.

지하로 깊숙이 내려가는 나선계단은 정말로 길었다.

헤르쿨은 내려가며 나지막하게 욕설을 내뱉었다.

"이 빌어먹을 계단을 다시 내려가야 하다니."

내려가며 무르노는 비밀에 관한 이야기를 시작했다.

"우리가 폐쇄적으로 지내기는 하지만, 가끔 손님들이 찾아오고는 하지."

"손님을 받아줍니까?"

"원래는 안 받지. 그렇지만 가끔 받아줄 수밖에 없는 사람들이 찾아오곤 하네. 마법사도 그중 하나야. 많은 걸 알고 있는 마법사는 우리한테도 흥미롭고 희귀한 존재니까. 아주 예전에, 엘프 마법사 한 명이 여기를 찾아왔었다는 기록이 있네. 이 비밀도 그때 만들어졌지."

"엘프 마법사라."

"그러고 보니 자네도 마법사였지. 예전에는 마법사가 많았다지만 요즘은 한 명 보기도 힘들어. 인간 중에서 나올 거라고는 더더욱 몰랐는데."

무르노는 천천히 내려가며 말을 이어갔다.

"그 엘프 마법사는 새로운 걸 시험해 보고 있다면서 우리에게 허락을 구했지. 저 멀리 있는 오크 도시와 이 지하왕국의 지하를 연결시켜 보겠다고."

"그걸 허락했습니까?"

"허락했으니까 이렇게 됐겠지. 사실 나도 이해가 잘 안 가네. 그 엘프 마법사가 그 당시 사람들을 어떻게 설득한 걸까? 어쨌든 설득은 성공했고, 엘프 마법사는 그의 비전을 이 지하에 남겼네."

문이 소리 없이 열렸다. 안에서 눈부신 푸른빛이 뿜어져 나왔다.

"이건……."

수현의 얼굴이 굳어졌다. 그가 지금 눈앞에 있는 것의 정체를 알아보지 못할 리가 없었다. 그가 수십 번 넘게 봐왔던 것이었으니까.

이건 차원문이었다.

'이런 식으로도 가능했었나?'

이제까지 차원문은 지구와 카메론을 연결해 주는 것만 생각했었다. 그러나 생각해 보면 차원문 자체는 카메론 내에서도 이동이 가능했다. 단순한 연결고리 아닌가.

헤르쿨은 수현이 무슨 생각을 하고 있는지 알아차린 것 같았다.

"차원문을 닮았지?"

"그렇군."

차원문 밑에는 원반 모형의 비석이 있었다. 비석 위에는 알 수 없는 문자들이 빼곡히 새겨져서 빛을 발하고 있었다. 그게 이 소형 차원문을 유지시키고 있다는 것 정도는 수현도 짐작할 수 있었다.

"이게 그의 비전이네. 헤르쿨은 이것 비슷한 게 인간들 사이에도 있다고 하더군. 인간들의 고향과 이곳을 이어준다고 했던가? 수천 명의 사람과 몇십 톤이 넘는 물건이 지나도 멀쩡하다고 들었는데, 이건 그 정도까지는 아니야. 기껏해야 사람 한두 명이 한계지. 그리고 몇 번 사용하고 나면 한동안은 쓰지 못하네."

인공적으로 만들어서인가?

수현은 빠르게 이 차원문 아티팩트를 분석했다. 평양에 생겨난 게이트는 자연적으로 생겨났기에 어떤 제약도 없었지만, 이런 식으로 인공적으로 만든 게이트는 제약이 있을 것이다.

'동력도 그렇겠지.'

이런 아티팩트를 작동시키려면 동력이 필요했다. 저 밑의 비석이 그 동력이 분명했다. 저런 비석으로 차원문 같은 막대한 에너지를 감당하려면 한계가 있는 게 당연했다.

갖고 싶다!

수현은 탐욕스러운 눈빛으로 비석을 쳐다보았다. 최근 본 것 중에서 저렇게 갖고 싶은 것은 없었다.

현재 지구에서나 카메론에서나 차원문 연구는 금기나 마찬가지였다. 일본 쪽에서 시도한 인공 차원문은 카메론의 사람들에게 트라우마를 남겼고 갑자기 시작된 차원문 소란은 지구의 사람들에게 트라우마를 남겼다.

이런 상황에서 공개적으로 차원문 연구를 하겠다는 게 사람들에게 곱게 보일 리 없었다. 비밀리로 바꾸거나 연구를 취소한 게 현재 상황이었다.

수현도 실제로 최지은에게 푸념을 들었었다.

"차원문이 겁나면 더 연구하게 해줘야지, 겁이 난다고 멈춰 버리면 나중에 또 문제가 생겼을 때 어떻게 하려고! 술 좀 더 가지고 와. 그만 마시라고? 왜? 더 마실 거야. 술 줘, 술 줘!"

"이게 갖고 싶겠지?"

수현은 속마음을 들킨 것 같아서 민망해졌다.

"부정하지는 않겠습니다."

"지금 작동되고 있는 이건 줄 수 없네."

그렇겠지.

수현은 놀라지 않았다. 하임켄과 소통이 되는 유일한 창구를 그에게 덥석 건네준다면 그게 더 놀라운 일이었다.

"하지만 다른 건 줄 수 있지."

"?!?!"

수현은 놀란 눈으로 무르노를 쳐다보았다. 그러나 무르노는 미소를 지을 뿐이었다.

"말은 다 들어주겠나? 저것과 똑같은 비석들이 있어. 하지만 작동은 하지 않고 있네. 정확히 말하자면 작동을 시키지 못하고 있는 거지. 작동시킬 수 있다면 우리가 이런 걸 넘기겠나?"

"비석들이 더 있다고요?"

"저 구석을 보게. 쌓여 있는 것들이 보이지?"

대충 봐도 스무 개는 되는 것 같았다. 수현은 빠르게 비석 더미를 훑어보았다.

"저기 있는 것들이 그 엘프 마법사가 남기고 간 것들이야. 그는 가면서 이걸 작동시켜서 잘 사용해 보라고 했지만, 우리는 이걸 작동시키지 못했네. 어떻게 쓰는 건지도 잘 모르겠고. 이제는 그저 애물단지일 뿐이지. 거래에 쓸 수 있다면 써도 상관없네."

수현은 천천히 다가가 비석 위에 손을 올렸다. 그 순간, 수현 안에 있던 러벤펠트의 마도서가 움직였다.

"?!"

"왜 그러나?"

"아무것도 아닙니다."

러벤펠트의 마도서에는 온갖 초능력이 나와 있었지만, 수현은 어느 순간부터 그것에 의지하지 않고 있었다. 이미 거기에 의존할 단계는 지난 것이다.

그가 처음부터 갖고 있었던 염동력은 여기 있는 대부분의 초능력을 능가하는 범용성 높고 강력한 초능력이었고, 시간 제어 능력은 마도서에 나와 있지도 않았다.

필요한 건 이미 얻은 상태였고, 얻기 어려운 몇 개를 제외하면 이제 나머지 초능력들은 대부분 별 필요가 없었다.

그러나 오랜만에 마도서가 존재감을 자랑하고 있었다.

마도서는 마치 수현에게 어떻게 해야 이 비석을 작동시킬 수 있는지 알려주려는 것처럼 움직였다.

수현은 직감적으로 알 수 있었다. 이 비석을 작동시킬 수 있을 것 같다고.

"그러면 이건 그냥 가져가도 됩니까?"

"가져가게. 인간들은 특이한 것들을 좋아한다더니, 정말 이로군. 작동이 되지 않더라도 괜찮은 건가?"

"연구 자체로 의미가 있으니까요."

수현은 아무렇지도 않게 비석들을 챙겼다. 카자크는 수현이 비석을 들라고 던지자 입을 씰룩거렸다.

"그런데 그 엘프 마법사, 이름은 남아 있습니까?"

"이름? 이름이라면 분명히…… 러벤펠트였을 거야."

"……!"

올라오면서 수현은 헤르쿨을 붙잡고 조용히 물었다.

"뭐 좀 묻자."

"뭐가 궁금하지?"

"저 사람들한테 어디까지 말했지? 그리고 앞으로 어디까지 말해줄 생각이지?"

헤르쿨은 미묘한 눈빛을 수현에게 보냈다.

"설마 저 위에서 돌아다니는 중국군, 네가 매수한 건 아니겠지?"

"……!"

실제로는 잡아서 협박한 다음 옷을 입혀서 위장시킨 것이지만, 아무리 헤르쿨이라도 그것까지 상상하지는 못한 모양이었다. 기껏해야 중국과 손을 잡고 수작을 부린 게 아닌가 하는 의심이었다.

그러나 수현은 표정 하나 변하지 않고 바로 즉답했다.

"내가 중국하고 사이가 얼마나 나쁜지 모르나? 중국 놈들은 나하고 손을 잡을 생각만 해도 바로 위에서 잘려 나갈 거야."

"하긴, 그것도 그렇군. 그런데 그러면 왜 물어본 거지?"

"왜냐니. 앞으로 지속적으로 거래를 해야 할 상대인데 서로 오해가 생기면 곤란해지잖아."

"오해라."

서로 이 오해가 오해가 아니라는 걸 아주 잘 알고 있었다. 헤르쿨은 히죽 웃으면서 대답했다.

"걱정하지 마라. 내가 이놈들한테 뭘 말하는 일은 없을 테니까. 아까 이야기 나왔던 정도만 말했고, 그 이상으로 말하지는 않을 거다."

이렇게 고분고분하게 나오자 수현이 의아해졌다.

"그래도 되나?"

"뭘 그래도 되냐니. 뭔가 착각하고 있는 것 같은데. 내가 여기 음침한 놈들과 사이가 좋은 거 같나? 백 년 넘게 연락을 안 하다가 자기들 일 생겼다고 사람을 보내서 갑자기 불러대는데 당연히 기분이 좋을 수가 없지."

헤르쿨을 보니 상당히 불만이 많은 것 같았다.

실제로 그는 여기 지하왕국의 이종족들에게 쌓인 게 있었다. 예전에 맺은 관계를 그의 대에서 깨뜨릴 수는 없으니 일단 여기까지는 왔지만, 계속 폐쇄적으로 지내서 인간들이 어떤 식으로 움직이는지 알지도 못하는 촌놈들이 선민의식에 차서 거들먹거리는 꼴이 매우 얄미웠던 것이다.

'아무것도 모르는 놈들이…… 너희들은 인간과 맞붙으면 순식간에 깨질 거다.'

그런 만큼 수현에게 이들을 던져 줘도 아무런 죄책감이 없었다. 수현이 정도를 어기고 막 나가는 놈도 아닌 데다가 그에게 당하더라도 좋은 교훈이 될 것이다. 백 년 넘게 교류가 없다가 만난 친구를 대할 때는 조금 더 조심해야 한다는 교훈.

헤르쿨이 입을 놀릴 것 같지 않자 수현은 안심했다. 여기 이종족들은 의심이 많아서 괜히 논란이 생겼다가는 골치가 아파졌다.

'러벤펠트……'

여기서 그 이름을 들을 거라고는 생각지도 못했다. 카메론에 있는 기록이 부실하기는 했지만, 그래도 몇몇 마법사에 대한 기록은 고문서에서 찾아볼 수 있었다.

그런 기록과 비교해 봤을 때, 러벤펠트는 확실히 뛰어난 마법사였다. 급이 다르다고 해야 할 것 같았다.

기껏해야 마법사로 알려진 인물들은 두 개, 세 개 정도의 초능력을 사용한 것으로 나와 있었지만 러벤펠트는 마도서만 봐도 기본적으로 수십 개가 넘었다. 그가 사용하지 못했다면 이런 마도서도 남기지 못했을 것이다.

이종족이라고 해서 마법사가 흔한 것도 아니고, 그 희귀한 마법사 중에서 저 정도로 급이 다르다는 건 러벤펠트가 특별하다고 봐야 했다. 수현도 실제로 그의 마도서 덕분에 많은 성장을 하지 않았는가.

'그때는 내가 이거 덕분에 마법사가 된 줄 알았었는데…….'

여기서 그의 유물을 보게 되니 기분이 복잡했다. 수현은 고개를 흔들어 생각을 정리했다. 러벤펠트에 대해서 더 자세하게 조사하고 싶었지만 그건 나중에도 기회가 있을 것이다.

지금 중요한 건 이 물건의 활용이었다.

'정말 엄청난 가치를 갖고 있는 물건이다.'

사람 정도밖에 이동시키지 못하고, 그것도 제한이 있지만 일단 장거리 순간이동이다. 인류가 그렇게 원하는 신기술.

이걸 밝히는 순간 연구하기 위해 수십 명의 연구자가 달려들 것이다. 수현은 새로운 것을 탐구하는 연구자들의 호기심을 잘 알고 있었다. 이걸 얻을 수 있다면 목숨도 바칠 게 분명했다.

개수가 넉넉하다는 게 다행이었다. 이 정도라면 수현이 필요한 곳에는 쓸 수 있을 것이다.

"어떻게 됐나?"

"잘 해결됐어. 남은 건 세부 사항 조절해서 맺는 건데, 그건 블루베어 쪽에서 알아서 하라고. 드워프들 있지?"

블루베어 쪽은 이런 상황에서 쓸 수 있도록 그들 밑에서 일하는 이종족들을 키우고 있었다. 꽤나 전략적인 방식이었다.

"부르면 곧바로 오겠지."

"그러면 그렇게 하자. 일단 못을 박아둬야 다른 놈들이 얼씬거리지 않겠지. 괜히 다른 놈들하고 여기서 진흙탕 싸움하고 싶지 않아. 아, 그리고 움직일 때 내가 말해둔 길로만 움직여. 그 바깥으로 가지 말고."

"알겠다."

수현은 비석에 대해 그들에게 말해주지 않았다. 이건 아무리 잭이나 제니퍼라고 해도 널리 떠벌려서 좋을 게 없는 물건이었다.

"저기, 저희들은……."

러우차오는 다른 중국인들과 같이 다소곳한 자세로 수현에게 다가왔다. 그들의 태도는 예전과 비교해 보면 놀라울 정도로 달라져 있었다.

"뭘 해야 합니까?"

"아, 기다려 봐. 확인 좀 해보고."

현재 상황이 어떻게 돌아가는지 먼저 들어야 했다. 수현의 연락에 우샹카이는 오랜만에 여유로운 목소리로 대답했다.

─보낸 건 잘 봤나?

"그래, 잘했더군."

─그 짧은 시간에 가족들을 전부 빼돌릴 수 있는 건 아무나 할 수 있는 게 아니지.

'그건 네가 한 게 아니라 샤오메이가 한 거잖아……?'

물론 수현은 채찍과 당근을 적절하게 사용할 줄 알았다. 지금 우샹카이에게는 굳이 채찍질을 할 이유가 없었다.

─이번에는 왜 연락한 거지? 또 시킬 게 있나?

"아니, 상황을 확인하려고 연락한 거다."

-상황?

"작전에 투입시킨 죄수들은 갑자기 연락 두절 되고 가족들은 전부 사라졌잖아? 안 시끄러울 수가 없을 텐데."

-역시 그 작전에 투입시킨 놈들을 네가 붙잡았군!

"그건 알아서 생각하고. 지금 상황이 어떻지?"

-그야 난리가 났지. 우리 쪽은 고소하게 즐기고 있지만, 저우량위 쪽 파벌 놈들은 사색이 되어서 뛰어다니고 있지.

"꼬리를 잡히지는 않았겠지?"

-물론이지. 그건 걱정하지 않아도 된다.

스스로의 안전과 관련된 일에서 우샹카이는 철저한 남자였다. 그런 상황에서는 그를 믿어도 됐다.

"아마 대충 눈치를 챘겠지?"

-뭘? 투입시킨 놈들이 배신했다는 걸? 아마 그렇지 않을까? 보낸 놈들은 연락 두절에 가족들은 동시에 사라졌는데…… 거의 심증을 굳힌 상태지.

"저우량위 쪽은 어떻게 대응할 것 같나?"

-그걸 내가 어떻게 알아? 놈들이 지금 엄청 날카롭다니까.

수현은 한심하다는 듯이 혀를 찼다.

"이런 멍청한 놈…… 서로 적대하는 파벌인데 그 정도도 예측을 못 하나? 예측이 안 되면 몸으로라도 때워야지. 그렇게 야심이 없어서 뭘 제대로 하겠어?"

갑자기 생각지도 못한 구박을 받아 우샹카이는 매우 억울해했다. 기껏 성공적으로 인질을 빼돌려 줬더니 돌아오는 반응이 구박이라니.

"아마 곧 조사대가 구성될 거다."

—조사대? 그게 무슨 소리냐?

"죄수들을 꺼내서 자신만만하게 작전에 투입했는데 놈들은 가족과 함께 통째로 증발. 이런 결과를 설마 그냥 내버려두겠나? 그랬다가는 같이 침몰인데. 어떻게든 형식적으로 조사대를 구성한 다음 꼬리를 잘라낼 거다."

—그걸 어떻게 알지?

"그렇게 될 거다. 이 대가리 안 돌아가는 놈아."

—……

우샹카이는 그냥 입을 다물었다.

"그 조사대가 중요해. 아마 저우량위 쪽에서 알아서 구성한 다음 알아서 보낸 다음 알아서 종결하겠지. 어떻게든 놈들의 정보를 알아내서 나한테 보내라."

수현은 이들이 어떻게 움직일지 선명하게 알고 있었다. 너무나 많이 했던 일이었다.

'진짜 자해공갈이 어떤 건지 보여주지.'

저우량위는 이번 일을 그냥 끝내지 않고 조사대를 보낸 것을 후회하게 될 것이다.

수현은 우샹카이가 대답하지 않고 망설이자 당근을 던졌다.

"잘 들어. 이번 일이 끝나고 나면 너는 나한테 고마워하게 될 거다."

ー……?

"단순히 죄수 몇 명 관리 못 해서 작전 실패한 정도로 끝나지 않을 거란 소리지. 지금 상황이 실패하고서도 넘어갈 정도로 그렇게 만만한 상황이 아니잖아?"

ー……!

우샹카이는 수현이 무슨 소리를 하는지 바로 알아차렸다. 워낙에 욕심이 많은 사람이다 보니 이런 면에는 매우 예민했다.

ー그 정도로 크게 벌릴 생각이냐?

"네가 협조해 줘서 잘 풀리면 크게 되겠지. 어때. 슬슬 구미가 당기지?"

ー물론이다.

"좋아. 그러면 빨리 가서 알아내오라고."

ー알겠다!


블루베어와 이클립스는 수현이 지하왕국을 갔다 오는 동

안 마을에 머물러 있었다. 만약을 위해 수현이 그들을 머무르게 한 것이다. 혹시 무슨 일이 생기더라도 저 두 팀이 있다면 어지간해서는 무너지지 않을 테니까.

지하왕국과 이야기가 끝났다는 말을 들었기에 그들은 별다른 긴장을 하지 않고 편안하게 있었다. 대충 할 일은 다 한 것이나 마찬가지였고, 나머지는 다른 이들이 와서 처리할 테니까.

그렇기에 수현이 할 일이 있다고 말했을 때, 그들은 놀란 표정으로 수현을 쳐다보았다.

"뭘 할 일?"

"아주 아주 재밌는 일이지."

"아니, 아무리 그래도 그렇지. 우리가 이런 일까지 해야 합니까?!"

"네가 가서 말할래?"

잭의 말에 하워드는 바로 입을 다물었다. 그는 아직도 수현이 어려웠던 것이다.

인류 최초의 마법사란 위치도 위치지만 성질이 보통이 아니었다. 잭 때문에 처음 만나러 갔을 때도 몇 마디 대화를 나누자 바로 성질이 나왔다.

"생각해 보면 놈의 저런 점이 아주 큰 강점 아닐까 싶다."

"예? 뭔 강점이요?"

"저놈은 마법사잖아. 이제 높은 곳에서 안전하게 있으면서 아랫사람 부려도 되는 위치인데 지금도 직접 현장에서 뛰면서 이런 궂은일까지 참여하려고 하지. 저기 봐라. 저 엉클조 컴퍼니 대원들이 불만이 있어 보이냐?"

"그야 저 사람들은 김수현에 비하면 별거 아니니까 그런거 아닙니까."

"별거 아니기는. 넌 내가 우습게 보이냐?"

"예? 절대로 아닙니다!"

하워드가 건방지고 오만하기는 했지만 잭에 대한 존경심만큼은 진짜였다.

"저기 김창식이라는 놈만 해도 어마어마한 능력자다. 너도 봤을 텐데. 저놈의 초능력 분석 자료."

"그거 보기는 봤는데, 잘 믿겨지지가 않아서……."

한국의 용병, 그것도 팀장도 아닌 일개 대원이 잭과 맞먹는 초능력을 갖고 있다는 게 쉽게 믿겨진다면 그게 이상한 일이었다.

"현실을 부정하지 마라. 그냥 그렇다면 받아들이면 되는 거야. 김창식이라는 놈이 저 정도인데 다른 대원들도 결코

약하지는 않겠지. 그런데 저 대원들은 불평불만 하나가 없어. 대단하지 않냐?"

"저희도 불평 안 합니다."

"너희가 안 하기는 뭘 안 해."

하워드는 얼굴을 붉혔다. 잭의 말을 들으니 확실히 엉클 조 컴퍼니가 대단해 보였다. 그들보다는 아니었지만 저들도 꽤나 위치가 올라간 상태였다.

그런데 이런 일을 시켜도 아무런 불만이 없다니. 얼마나 단단한 유대로 이어졌기에 저런단 말인가?

"어우, 그래도 이번 건 좀 쉬워서 다행이다."

"완전 날로 먹는 거지. 그냥 구경하다가 좀 아픈 척하면 되는 거잖아. 맞지?"

"그래, 게다가 든든한 팀들도 있으니까."

외부의 시선과 달리, 엉클 조 컴퍼니는 아무런 불만도 없었다. 그들은 이미 수현의 방식에 너무 익숙해진 것이다.

"야, 칭식이. 근데 쟤네들은 왜 저렇게 너를 뜨겁게 쳐다보냐? 너 설마 보초 설 때 무슨 말이라도 했냐?"

"어, 어?"

김창식은 당황해서 이클립스를 쳐다보았다. 정성재의 말대로 이클립스의 초능력자들이 그를 뚫어져라 쳐다보고 있었다.

'설마 잭 때문인가?'

그들이 저렇게 쳐다볼 이유는 하나밖에 떠오르지 않았다. 초능력.

'난 정말 아무것도 아니라고……!'

이제 와서 말하기에는 너무 늦었다. 김창식은 애써 시선을 무시하며 앞으로 돌렸다.

"몰라. 임무에나 집중하자고!"

─이번 일에서 가장 중요한 건 얼굴이 안 팔린 놈이다. 나나 잭, 제니퍼 같은 경우는 참가하지 못해. 바로 알아볼 가능성이 크니까. 거리를 두고 대기하겠다. 각 팀에서 얼굴이 알려지지 않은 놈을 동원하고, 상대가 바로 알아보지 못하도록 주의를 기울여라.

─그러면 나나 샤이나는?

─너희 둘도 빠져야 해. 루이릴까지는 그렇다 쳐도 다크 엘프는 너무 특징적이야.

다크 엘프와 같이 다니는 용병을 보면 바로 김수현을 떠올릴 사람이 수두룩했다.

그 결과, 어디서 본 것 같지만 어디에서 일하는 사람인지는 바로 떠오르지 않는 다국적 팀이 완성되었다. 블루베어와 이클립스, 엉클 조 컴퍼니의 초능력자들을 섞은 전력이었다.

물론 이것만으로도 어지간한 용병 회사 1팀을 상회하는 전력이었지만, 수현은 이걸로 싸움을 일으키려는 게 아니었다.

　─상대를 발견하는 대로 움직인다. 상대의 위치를 찾으면 바로 말해줄 테니 준비하고 있도록.

　"미친 거 아닌지 모르겠군. 대체 어떻게 관리를 했기에 인질들이 단체로 도시를 빠져나가는 건지."

　"그러게 말입니다."

　조사대의 대장으로 보이는 남자가 중얼거리자 그 옆의 부하가 바로 알랑거렸다. 조사대도 저우량위 파벌의 사람들인 만큼 기분이 좋을 리 없었다.

　"어떤 놈들이 한 짓인지 아직 잡히지도 않았죠?"

　"그래, 조사에 들어간다고 하지만 그놈들이 뭘 하겠냐. 멍청한 놈들밖에 없는데."

　"감히 우리 도시에 들어와서 그런 짓을 하다니. 어떤 놈인지 걸리기만 하면……."

　"걸리기만 하면 뭐 어쩌려고. 김수현 그놈이 한 짓이면 가서 싸울 생각이냐?"

"하, 하하. 꼭 싸운다는 게 아니라…… 그냥 해본 말이었습니다."

이미 그들 사이에서 김수현과의 직접적인 대결은 금기나 다름없었다. 그걸 시도해서 좋은 꼴을 본 적이 없었던 것이다. 옆에서 묵묵히 걷던 리우 신에게 화살이 돌려졌다.

"리우 신, 그놈이 그렇게 세냐? 여기서 놈을 직접 만나본 건 너밖에 없잖아."

"셉니다."

"그래? 그래서 저번에 그렇게 도망친 건가?"

"……도망친 게 아니라 명령에 따라 행동한 겁니다."

"아, 왜 그러세요. 리우 신도 어쩔 수 없었겠죠. 거기서 멋대로 행동했다가는 괜히 문제가 될 수도 있었잖습니까?"

"그래도 그렇지. 동료들이 다 박살 나는데 혼자서 가만히 있는다는 게 말이 되냐? 우리가 저놈한테 얼마나 맞춰주는지 알고 있지? 개인 하나한테 이런 혜택을 주는 건 말도 안 되는 거야. 내가 예전부터 말했지만 이 나라는 초능력자를 너무 띄워준다니까."

조사대의 대장은 리우 신에게 꽤나 질투를 하고 있었다. 특급 초능력자는 선망을 받거나 질투를 받거나 둘 중 하나였다.

"죄송합니다."

"쯧, 됐다."

"헤헤. 대장님, 그런데 이번 조사는 어떻게 하실 생각이신지⋯⋯."

리우 신과 조사대의 대장이 서로 대립하는 건 밑의 사람들에게 좋을 게 없었다. 괜히 불똥만 튀는 것이다. 남자가 간사하게 말하자 대장은 심드렁한 목소리로 대답했다.

"어떻게 하기는 뭘 어떻게 해. 가족까지 빼돌린 놈들이 저기에 남아 있을 거 같나? 예전에 튀었을 거다. 우리가 할 건 가서 구색만 맞추는 거야."

지금 그들이 여기까지 온 이유는 명분을 위해서였다. 조사대까지 파견해서 조사했지만 죄수들은 명령을 거부하고 도망쳤으며, 이건 예측하지 못했던 상황이었다.

죄수들을 조사하고 고른 책임자 몇 명이 책임을 질 테니 더 이상 책임을 묻지 마라!

그게 이번 조사로 인해 만들어질 주장이었다. 저우량위가 타격을 입기는 하겠지만 어쩔 수 없었다. 지금은 피해를 최소화해야 할 상황이었으니까.

차원문 소란 이후 독보적으로 치고 나가서 중앙개척부장 레이스에서 우위를 점하려고 했는데, 이렇게 상상치도 못한 일이 벌어지다니⋯⋯.

'기껏 한국의 그놈과 뒷거래를 하는 데 성공했는데 말이

지……'

이번에야말로 김수현을 묶어두는 데 성공할 수 있을 줄 알았는데 오히려 이런 상황이 벌어졌다.

김수현이 의심스러웠지만 그들 사이에서도 확신을 하지 못한 상태였다.

−김수현이 아무리 대단해도 이런 일이 가능해?

김수현은 마법사였지 신이 아니었다. 죄수들로 구성된 팀의 동선을 완전히 파악하고 있다가 연락을 통째로 끊어버린 다음, 따로 인원을 동원해서 가족들의 위치를 알아낸 후 도시 밖으로 빼돌렸다고?

아무리 김수현이라도 그건 말도 안 됐다. 차라리 죄수 팀이 처음부터 도주를 준비하고 있었다는 게 더 가능성이 커 보였다. 그게 지금 대부분의 생각이기도 했고.

"삼십 분 안에 도착합니다."

통신이 끊어진 좌표까지 얼마 남지 않았다. 그 순간, 앞에서 움직이던 드론에 무언가가 잡혔다.

"뭐야? 누구야?"

차원문 소란 덕분에 이 주변의 용병들 숫자가 현저하게 줄었다. 이런 곳까지 오면 사람을 만날 확률은 더욱 줄었다. 게

다가 죄수들이 탈주를 한 곳. 무언가 기분이 나빴다.

"어…… 대장님, 이놈들……."

"뭔데?"

"탈주한 죄수들입니다!"

"뭐?!"

그는 화들짝 놀라 화면을 확인했다. 정말이었다. 출발하기 전에 그들의 얼굴을 전부 확인한 상태였다. 중국 용병의 복장을 하고서 당황한 표정을 짓고 있는 죄수들이 보였다. 그들은 바로 드론을 쏘아 떨어뜨렸다.

"이 간덩어리가 배 밖으로 나온 새끼들이…… 쫓아! 쫓아! 반드시 잡는다!"

"뭔가 이상합니다! 잠깐 생각을……."

리우 신이 말리려고 하자 남자는 어이가 없다는 듯이 그를 쳐다보았다.

"지금 상황에서 뭐라는 거냐! 저놈들이 빠져나가면 네가 책임질 거냐? 또 겁쟁이처럼 굴려면 너 혼자 여기 있어! 남은 놈들은 바로 쫓는다. 어차피 저놈들 전력은 별거 아니다! 초능력자도 없으니 손쉽게 밟아버릴 수 있어!"

리우 신의 만류도 소용없이 그들은 빠르게 움직였다.

잡을 수 없을 거라고 생각했던 죄수 팀이 이 주변에 있다니. 상상치도 못한 수확이었다. 이놈들을 잡는다면 예상했던 것보다 더 쉽게 사건을 마무리할 수 있을지도 몰랐다.

"뛰어! 뛰어!"

"놈들이 눈치를 챘습니다. 도망치고 있어요!"

"헤이스트 가능한 놈들은 먼저 가서 길을 막아라. 절대 놓치지 마!"

마음이 다급해지면 평소에는 볼 수 있는 것도 못 보는 법이었다. 헤이스트 아티팩트를 쓴 추적자들은 죄수 팀이 왜 갑자기 발걸음을 멈췄는지 이유를 생각하지 않았다.

그들이 왜 갑자기 인원이 늘었는지, 왜 그들 중 일부의 복장이 조금 다르고 서 있는 방향도 반대인지도 생각하지 않았다.

"멈춰라! 당장 무장을 해제하고 무릎을 꿇어!"

"뭐라는 거야? 너희 누구야?"

죄수를 쫓는 추적대는 원래 인내심이 많지 않았다. 한 번 말했을 때 듣지 않는다면 두 번째는 바로 공격이었다.

추적자들은 헤이스트 아티팩트를 중지시키고 바로 공격용 아티팩트를 꺼냈다. 빛의 화살과 얼음의 구가 허공에 생기더니 죄수 팀을 향해 날아갔다.

퍼퍼퍽!

"아이고, 중철아!"

"……?"

왜 한국어가 들리지?

추적자들은 이해가 가지 않아 서로를 쳐다보았다. 상황은 거기에서 끝나지 않았다. 영어로 된 비명도 튀어나온 것이다.

"하워드! 이런 개XX들이!"

"???"

"너희는 지금 미국 소속 탐험가 팀 이클립스를 공격했다! 무슨 의미인지는 알고 있겠지!"

"?????"

그제야 추적자들은 죄수 팀의 숫자가 좀 많다는 걸 알아차렸다. 자세히 보니 복장들도 미묘하게 달랐다. 겉모습이 비슷해서 착각했을 뿐.

게다가 같은 팀도 아닌 것 같았다. 서로 마주 보고 있는 모습이 도망치다가 맞부딪힌 상황에 가까웠다. 확인하지 못하고 다짜고짜 제압하기 위해 공격을 한 게 실수였다.

"잠, 잠깐. 오해가 있었던 것 같은데……."

타타탕!

"?!"

추적자 중 하나가 당황한 표정을 지었다. 들고 있던 총이 갑자기 발사된 것이다. 총탄이 발밑에 박히자 이클립스의 초능력자들은 싸늘한 표정을 지었다.

"감히 대화를 시도하는 척하면서 기습을 해?"

"아니, 아니, 이게 아닌……."

죄수들은 그걸 보면서 한숨을 쉬며 고개를 저었다.

아, 저렇게 당한 거였구나.

좋아해야 할지 씁쓸해해야 할지 알 수가 없었다.

"밟아버려!"

계속 잡일만 해온 이클립스의 초능력자들은 오랜만의 싸움에 최선을 다했다. 초능력이 두 번 오가고 나자 추적자들은 아무도 서 있지 못했다. 바로 제압당해서 바닥을 나뒹굴었다.

# 61장
## 재도약(1)

"어떻게 됐어? 왜 대답이 없나!"

먼저 추적 팀을 보내놓고서 뒤에서 따라가던 이들은 대답이 없자 갑자기 불안해지는 것을 느꼈다. 지금 연락이 되지 않을 이유가 없었다.

"이야, 오랜만이야!"

"?!"

이동하면서 경로에 있는 걸 드론으로 확인하는 건 기본이었다. 몬스터에게 기습을 받을 일은 최대한 줄여야 하는 것이다. 그러나 지금, 수현과 일행들은 드론에 전혀 잡히지 않고 갑자기 나타났다.

"뭐야? 저것들 뭐야?!"

"리우 신, 잘 지냈나? 얼굴 좋아 보이는 거 보니까 잘 지낸 것 같은데. 여기서 이렇게 만나다니 참 우연이야. 그렇지 않나?"

리우 신은 딱딱하게 굳은 얼굴로 낮게 말했다.

"김수현입니다."

"……!"

그 말에 대장은 펄쩍 뛰며 수현에게 시선을 돌렸다.

여기에 김수현이?

"왜 그렇게 놀라? 내가 여기 있다는 말 못 들었어?"

"……."

말이야 들었지만 여기서 그걸 인정하는 것만큼 멍청한 일은 없을 것이다. 조사대는 묵묵히 침묵을 지켰다. 수현은 피식 웃으면서 말했다.

"무시하기냐? 이거 좀 서운한데, 우리 사이에."

"리우 신, 뭐냐? 저놈이 왜 저렇게 친한 척을 해?"

리우 신은 어이가 없어서 대장을 쳐다보았다.

딱 봐도 내부 분란을 만들려고 저러는 짓인데, 저거에 또 당하다니. 아무리 그를 질투해도 그렇지.

"서로 의심하게 하려고 하는 짓이잖습니까!"

"아무리 그래도 너무 친한 척하잖아? 너 뭐 따로 알고 지냈나?"

"리우 신, 저놈이 계속 시끄럽게 구는데 짜증 나면 그냥 묻어버리고 우리 쪽으로 와라. 받아줄 수 있으니까."

"뭐, 뭐?"

리우 신은 이마를 짚었다. 저런 같잖은 소리가 통할 거라고 는 생각지도 못했다. 그런데 지금 상황을 보니 진짜 통할 것 같았다. 이런 놈을 상관이라고 대접을 해줘야 한다니…….

"그러면 우리는 팀이나 찾으러 가자. 얘네는 어디 가서 뭐 하는 거야?"

"……?"

수현의 말에 리우 신은 그제야 당황스러움에서 벗어나 합리적인 의심을 하게 됐다.

왜 그가 여기에 있을까?

이 주변에 있다고는 했지만 지금 여기에서 마주치기에는 지나치게 공교로웠다.

'설마……?'

"이게 뭡니까? 당신들 미쳤어요? 지금 막 나가는 거지?"

"아, 아니. 그게 아니라……."

수현이 맹렬하게 항의하자 남자는 당황해서 뒤로 물러섰

다. 지금 그가 상상치도 못했던 상황이 일어나고 있었다. 추적대를 쳐다보니 그들도 필사적인 표정으로 고개를 저었다. 알지 못했다는 것 같았다.

"우리가 쫓던 놈들이 있는데, 그놈들이 여러분하고 마주친 데다가 섞이고 또 복장도 비슷해서……."

"이게 말이야 개소리야?"

수현은 귀를 파며 듣지도 않는다는 태도를 취했다. 남자는 울컥했지만 참을 수밖에 없었다. 여기서 전면전을 시도하는 건 자살행위였다.

그래도 그렇지, 그에게 이렇게 대하는 사람은 최근에 아무도 없었다.

"알겠습니다. 최대한 양보하고 양보해서, 그 소리 믿어보도록 하죠."

"……!"

"애들아! 잡은 사람들 챙겨라. 연락은 돌아가서 드리겠습니다."

"잠, 잠깐만요. 믿어주신다고 하셨잖습니까!"

"믿어요. 살다 보면 그렇게 오해할 수도 있겠죠. 저는 여러분이 눈엣가시인 엉클 조 컴퍼니와 미국 쪽 초능력자 팀인 이클립스 팀을 제거하려고 기습했다고 오해했지만, 여러분의 말을 들어보니 또 그게 아닌 것 같네요."

"그런데 왜?!"

"그건 그거고 책임은 책임이죠. 지금 다친 사람 나왔는데 설마 '미안합니다' 하고 끝낼 생각이었습니까? 에이, 그건 아니죠."

"돌아가면 명백히 맞는 보상을……."

"우리 쪽에 지금 상황에 맞는 속담이 있어요. 화장실 들어 갈 때하고 나올 때 마음이 다르다고. 지금 그냥 기분 좋게 악수하고 헤어지면 좋겠지만, 여러분이 약속을 지킬지 어떻게 압니까? 항의해 봤자 그냥 무시하면 끝인데. 우리도 보상을 받으려면 믿을 게 있어야죠."

추적대로 덤빈 이들을 생포해서 데리고 가려는 걸 보자 기가 막혔다.

"……!"

리우 신은 갑자기 오한이 느껴져 옆으로 뛰었다. 무언가, 보이지 않는 누군가가 그를 노린 느낌이었다.

'뭐지?'

'와, 이 자식. 어떻게 안 거지?'

투명화를 쓰고 뒤에서 접근한 곽현태는 혀를 찼다. 리우 신도 놀랐지만 그가 더 놀랐다. 분명히 보이지도 않을 텐데 감으로만 피한 것이다.

그걸 본 수현이 신호를 보냈다. 가능하면 리우 신까지 엮어서 데리고 가려고 했지만, 저걸 보니 곽현태로는 리우 신을 엮을 수 없을 것 같았다.

'역시 예리하군. 잘하면 통할 줄 알았는데.'

"자, 그러면 돌아가자!"

"잠, 잠깐만요."

"……?"

"저기 있는 놈들은 저희 쪽에서 탈주한 범죄자입니다."

"탈주한 범죄자요?"

"예."

"어…… 그러니까 그쪽 말은, 중국의 감옥 안에 갇혀 있던 사람들이 탈옥을 해서 저런 장비를 구하고 중국의 감시를 뚫고 호수를 건넌 다음 여기까지 왔다?"

수현은 개소리하지 말라는 표정으로 그들을 쳐다보았다.

"그게 그런 게 아니라, 조금 더 복잡한 사정이……."

"예, 예. 그렇겠죠. 같이 데리고 가자. 움직여! 쓸데없이 시간만 낭비했다."

상대가 수현만 아니었다면 바로 총알이 먼저 나갔을 것이다.

리우 신은 고개를 저었다. 완전히 말렸다. 상관은 아직도 파악하지 못한 것 같았지만, 이렇게까지 오면 알 수밖에 없었다. 이 상황 자체가 수현이 만든 함정이었다는 것을.

"강력하게 항의하고, 제대로 된 사과가 없을 경우 조사대 이름으로 공론화시킨다고 전달해."

"우리 쪽 인맥도 좀 동원할까?"

"그러면 좋지. 다 끌고 와서 협박하자고."

수현과 잭은 작당하듯이 머리를 맞대고 상의하고 있었다. 단순히 한국만 끼어 있는 문제였다면 밀어붙이기 힘들었겠지만 여기에는 미국인도 끼어 있었다. 결코 쉽게 넘기지는 못할 것이다. 무시했다가는 일이 더 커진다는 걸 잘 알 테니까.

'아마 더 늦기 전에 조용히 묻으려고 하겠지.'

상대가 이런 상황에서 뻗댈 정도로 멍청하지는 않을 것이다. 어떻게든 조용히 묻으려 할 게 분명했다.

이클립스와 블루베어가 일단 돌아가자 수현은 비석을 꺼냈다. 평양으로 돌아오기 전에 일단 몇 곳에 설치해 둔 상태였다.

아네스 지역 콜디리 숲 앞에 하나, 아메스 평야 엘프 마을 안에 하나.

둘 다 비밀이 밖으로 새어 나갈 만한 곳이 아니었다. 이후에 어디에 설치할지는 고민해 봐야 했다.

"좋아. 한번 해볼까."

비석을 잡았을 때부터 어떻게 작동시키는 건지는 알 수 있었다. 수현은 비석을 잡고 마도서가 지시하는 대로 움직였다.

"컥!"

이렇게 초능력을 대량 소모하는 기분은 한동안 느껴본 적이 없었다. 속이 울렁거릴 정도로 소모하는 기분. 그 정도로 비석은 막대한 양을 잡아먹었다. 수현의 초능력이 어지간한 초능력자와는 비교도 되지 않을 정도로 양이 큰 것을 감안하면 이 비석이 얼마나 에너지를 잡아먹는 물건인지 알 수 있었다.

"……!"

그리고 차원문이 생겨났다. 지하왕국에서 봤던 것처럼 작은 규모의 차원문이었지만…….

수현은 발을 디디기 전에 멈칫했다.

'잠깐, 갔다가 못 돌아오는 건 아니겠지?'

수현이 자신의 방에서 실종된다면 대소동이 벌어질 것이다.

팟!

다행히 그런 일은 일어나지 않았다. 수현은 콜다라 숲 앞의 그가 설치해 놓은 비석 위에 서 있었다. 뒤에는 차원문이 반짝이고 있었다.

'내가 가는 곳의 상황을 확인 못 하는 건 조금 불편한데……'

다시 돌아오고 나서 수현은 비석을 잡고 차원문을 집어넣었다. 직접 사용해 보니 알 수 있었다.

지하왕국의 차원문은 러벤펠트가 남겨놓은 초능력으로 움직이고 있는 것이었다.

'그 시간 동안 계속 유지가 되다니…… 어떻게 그게 가능하지? 생물이긴 한 건가?'

수현도 지금은 경지에 올랐다고 자부하지만, 저 정도로 긴 시간을 유지시키는 건 상상도 가지 않았다. 피와 살로 된 생명체가 어떻게 저런 초능력을 뽑아낼 수 있단 말인가?

그 정도 되는 마법사가 그런 식으로 죽었다는 게 믿기지가 않았다. 그때 수현이 본 유골은 분명 꽤나 비참한 사고를 당했던 사람의 유골이었다.

그때는 워낙 갑작스럽고 당황스러워서 생각을 못 했는데, 저 정도 되는 마법사가 습격을 당해서 저런 꼴이 될 수 있나?

수현도 치유 능력이 있는데 마도서의 원주인인 러벤펠트는 당연히 더 강력하게 사용할 수 있었을 것이다.

무언가 이상했다. 그 주변은 기껏해야 캘커타 고릴라가 위협적인 몬스터였다. 러벤펠트급 마법사가 고릴라한테 당했을 리는 없었다. 수현은 그를 쓰러뜨릴 존재가 떠오르지 않았다. 드래곤을 제외하고서는.

'드래곤한테 당했나? 아니, 아무리 그래도 그건 이상한데?'

그 주변은 드래곤의 서식지도 아니었을뿐더러, 어딘가에서 드래곤한테 당하고서 그곳으로 왔다는 게 잘 납득이 되지 않았다. 비석을 보니 공간이동 정도야 할 수 있었겠지만 그러면 상처도 회복할 수 있지 않았겠는가.

'게다가 드래곤하고 싸우는데 즉사하지 않고 팔다리만 날아간 게 이상하단 말이지?'

수현은 러벤펠트에 대해 더 조사하기로 마음먹었다. 처음에는 별생각이 없었는데, 곳곳에서 그의 흔적이 발견되니 점점 신경이 쓰였다. 무언가 본능적인 위화감이 그를 괴롭히고 있었다.

"예전 이종족 인물은 찾기 힘든 거 알지? 나도 일단 아는 사람들한테 부탁해서 모아보기는 하겠지만, 너무 기대는 하지 마."

"그 정도로 충분해."

최지은은 비석을 돌려보며 탄성을 내뱉었다. 그녀도 이 비석이 얼마나 대단한 물건인지 깨달은 것이다.

"이거 내가 분석해도 되는 거야? 구하기 힘들 것 같은데……."

"넉넉하게 갖고 왔으니 그건 걱정 안 해도 돼."

"넉넉하게?!"

"그렇다고 더 가져가지는 말고."

"이것도 결국 초능력의 일종인데, 이걸 다루면서 뭔가 느낀 건 없었어? 공간이동 초능력을 깨닫거나?"

"잘 모르겠어. 비석의 힘이 없으면 잘 안 되는 것 같은데……."

게다가 이 차원문 생성 초능력은 마도서에 나와 있지도 않았다.

수현은 점점 의문만 생겨나는 걸 느꼈다.

러벤펠트는 그렇게 강력한 마법사였는데 왜 그런 상황에 처해 있었던 것일까? 그리고 러벤펠트가 남겨준 마도서는 왜 이런 차원문 생성 같은 초능력이 나와 있지 않은 것일까? 그가 죽음 직전에 남긴 것이라면 그가 생전에 알고 있던 게 모두 담겨 있어야 할 텐데.

"너는 그동안 잘 지냈어?"

"뭐야, 지금 안부 묻는 거야?"

최지은은 웃으면서 수현을 쳐다보았다.

"나야 잘 지냈지. 저번에도 말했잖아. 여기는 위험할 게 없다고. 조심해야 하는 건 너야. 이번에 또 문제가 생겼다며?"

"아, 잘 마무리했으니까 걱정하지 마. 곧 있으면 무릎 꿇고 사과하러 올 거야. 말하는 걸 잊을 뻔했는데, 팀원들하고 상담해서 은퇴하고 싶어 하는 사람들은 은퇴시키려고. 아니면 2팀 이하로 돌려서 그냥 편하게 살게 해주든가."

"?!"

최지은은 상상치도 못한 말을 들어서 깜짝 놀랐다는 표정을 지었다.

"뭐?"

"내가 그렇게 이상한 소리를 했나?"

"그거 다른 곳에 말했어?"

"아직. 생각만 하고 있었지. 우리 팀원들이 괜찮은 팀원들이긴 한데 객관적인 기준으로 봤을 때는 좀 애매해지거든. 게다가 나랑 달리 슬슬 은퇴해서 가정을 꾸리고 싶어 하는 사람들도 있을 거고."

지금 오크들이나 조승현 사장이 뽑은 인원들로 돌아가는 2팀 이하의 팀들은 엉클 조 컴퍼니가 확보한 지역을 유지하는 팀이었다. 위험은 거의 없다고 봐도 좋았다.

"너 안 그래도 지금 인원 적게 돌아다니는 편 아냐? 거기서 더 줄이려고?"

"그건 걱정 안 해도 돼. 인원은 빠진 만큼 새로 모을 거니까. 정 안 되면 이클립스 같은 곳과 합쳐도 되고."

"진짜? 그건 안 좋은 생각 같은데."

"알아. 외부 팀이랑 합쳐지면 이런저런 말 많겠지. 그건 거의 임시책이고, 어지간하면 새로 뽑을 거야. 이제 나 정도면 괜찮은 초능력자들이 꽤나 오지 않겠어? 실력 괜찮고, 젊고, 탐험하고 싶어 하는 놈들."

"꽤나가 아닐 텐데……."

최지은은 고개를 갸웃거리며 중얼거렸다. 그러나 너무 작게 말해서 수현은 듣지 못했다. 그녀가 생각하기에 아무리 적게 잡아도 수현이 지금 생각하는 것보다는 많이 몰릴 것 같았다.

"어느 정도 빠질 거 같아?"

"김창식, 박수용, 정성재, 김동욱 정도? 이소희는 모르겠군. 원래 나와 같이 시작했던 사람들은 딱히 이 행성의 비밀을 밝히겠다고 시작한 게 아니니까. 한몫 챙겼으니 빠질 때도 됐지. 정확한 건 물어봐야 알 거고."

"너무 많이 잡는 거 아냐?"

"너무 많이 잡기는 뭘. 인규도 빠질 수 있겠네. 얘는 원래 맛이 간 복수귀로 움직였어야 했는데 내가 도중에 빼내서 데리고 왔거든. 그거 때문에 성격은 달라지지가 않았고. 겁이 많아서 계속 목숨 걸고 돌아다니기는 좀 그렇겠지."

"사람 많이 빠져도 넌 괜찮겠어?"

"다 생각하고 하는 일이라니까. 없어도 괜찮아. 이제 몇 명 가지고 흔들릴 위치는 아니니까……."

누군가 문을 두드렸다. 서강석이었다. 그는 수현이 온 것을 보고 반갑게 차를 내왔다.

"잘 지냈나? 뭐 불편한 건 없고?"

"예, 배려해 주신 덕분입니다."

"지금 우리 팀에서 은퇴 희망자 받는데, 너도 생각 있으면 은퇴해서 놀고먹을래?"

서강석은 의아하다는 표정을 지었다가 고개를 저었다.

"사양하겠습니다. 아직 받은 만큼 일하지를 못해서요."

"그 논리대로 따지면 아무도 못 빠지거든? 뭐, 별일 없다니 슬슬 가 볼게. 내가 물어본 거, 뭐라도 나오면 연락해 줘. 사소한 거라도 좋으니까."

"어, 팀장님. 최지은 씨가 말 안 해주셨습니까?"

"……?"

"뭘?"

최지은도 서강석이 무슨 소리를 하는지 모르겠다는 표정이었다.

"그 있잖습니까. 정부에서 육체 강화 수술받겠다고 허락 구한 거요."

"아! 그거……!"

최지은은 그제야 기억났다는 듯이 손뼉을 쳤다. 서강석의 말을 들은 수현의 얼굴이 구겨졌다. 무슨 일인지 감이 온 것이다.

"정부에서 어머니한테 육체 강화 수술을 요청했어. 기밀 유지를 부탁한 걸 보면 아마 군 쪽 특수부대 소속 같은데."

"그래, 그렇겠지."

이중영이 부리고 있는 부대가 분명했다. 한계를 느낀 그가 최고의 권위자인 이선화 박사한테 수술을 받게 하려고 하는 것이다.

'아, 이거 기분 나쁘네.'

생각해 보니 돌아오기 전에도 이랬으니 이렇게 흘러가는 게 이상하지는 않았다. 그래도 기분이 나쁜 건 나쁜 거였다.

수현의 표정에서 무언가 이상하다는 걸 눈치챈 최지은이 조심스럽게 물었다.

"왜 그래?"

"그거 받는 놈들이 나한테 도움 될 가능성이 별로 없거든."

"그, 그래? 그렇지만 어머니도 어쩔 수 없었을 거야. 우리도 지원받아 가면서 연구하는 건데 그런 걸 거절할 수는 없잖아? 그러니까 음⋯⋯."

"지금 내 기분 풀어주려고 그러는 건 아니지?"

수현의 말에 최지은의 얼굴이 확 붉어졌다.

"걱정 마. 화 안 났으니까. 해줄 수도 있지. 대신 수술할 때 안에 소형 폭탄 같은 거 넣어주지 않을래?"

"……!"

"농담이야."

최지은은 당황해서 허둥대다가 수현이 그녀를 놀렸다는 사실을 깨닫고 수현은 노려보았다.

옆에서 서 있던 서강석이 조용히 물었다.

"저는 나갈까요?"

"아뇨!"

"그래서 그냥 당하고 왔다고?"

"예……."

"너희 단체로 미쳤냐? 상황을 수습하러 간 놈들이 상황을 두 배로 악화시켜서 와? 아, 아. 혈압이……."

"진정하세요. 흥분하시면 건강에 안 좋습니다."

"이놈들이 이러는데 지금 진정하게 생겼나!"

의자에 앉아 있던 저우량위는 뒤에서 그의 어깨를 주무르는 여자의 목소리에 침착하게 고개를 끄덕였다.

"리우 신, 넌 뭘 했지?"

"……."

"이놈들이 단체로 진짜……. 상황 더 말해봐."

"조사대를 생포해서 데리고 간 다음 이후 일은 연락하겠다고……."

"협박이잖아! 그 죄수 놈들은?!"

"그놈들도 데리고 갔습니다."

저우량위는 들고 있던 잔을 얼굴에 던지고 싶은 충동을 간신히 참아냈다. 보낸 놈들이 저런 사고를 치고 왔으니…….

김수현을 건드린 것도 건드린 것이지만 미국 쪽 팀까지 엮인 데다가 조사대도 생포당했다. 증거는 당연히 있을 것이니 공론화되면 빠져나갈 수가 없었다.

이거 자체는 그렇게 큰 문제가 아니었다. 누구 한 명이 죽은 게 아니니 체면이 깎이더라도 사과 정도로 끝낼 수 있었다.

문제는 지금 상황이었다.

중앙개척부장이 되기 위한 레이스 상황에서 저런 문제는 치명적이었다. 안 그래도 죄수 팀이 단체로 탈주를 해서 목이 조여오고 있는데 추가타라니.

김수현이 현장에서 처리를 안 하고 데리고 간 이유를 바로 알 수 있었다.

이건 협박이었다. 공개당하기 싫으면 알아서 기라는.

'이놈이 도대체 우리 상황을 어떻게 꿰고 있는 거지?'

아무래도 이상했다. 김수현이라는 놈이 걸물이라는 건 예전부터 인정했다. 그렇지만 이건 그 정도가 심했다.

그들이 하려는 작전은 극소수만이 알고 있었다. 그런데 그걸 완전히 알고 있다가 바로 역이용했다. 게다가 도시에 있던 인질 탈출까지. 그것도 아마 김수현이 관련되었을 것 같았다.

'스파이가 있다. 그것밖에 답이 없어.'

그것도 아주 가까운 곳에. 이 작전을 사전에 안 놈들은 전부 용의자였다. 저우량위는 날카로운 눈빛으로 고개를 숙이고 있는 부하들을 노려보았다.

"어떻게 할까요?"

"어떻게 하냐니. 가서 놈을 설득하고 와. 조사대를 빼오고 그 사실을 공개하지 않도록 갈무리를 해."

"협상은 어떻게……."

"그걸 내가 말해줘야 아나? 네 엉덩이를 대줘서라도 막고 와! 잘 생각해. 이번 일까지 망치면 내가 얼마나 화가 날지."

저우량위가 열을 받으면 누구도 말릴 수 없었다. 그들은 기겁해서 방을 빠져나왔다.

'김수현…… 아무리 강해 봤자 소국의 개인이라고 생각했는데. 정말 위험한 놈이야. 더 이상 안 되겠어. 어떻게든 막는다.'

이곳이 무력으로 모든 게 결정되는 곳이라면 아무도 김수현을 건드릴 수 없었겠지만, 여기는 문명사회였다. 문명사회에서는 공격 방법이 다양했다.

"그 한국 놈, 연락해 봐."

"저희가 뭘 잘못했습니까?!"

"아니, 그런 게 아니라……."

수현은 대원들을 불러 모은 이유를 진지하고 자세하게 설명했다. 처음에는 당황스러워하던 이들도 수현의 말을 듣자 고민하는 표정이 되었다.

"저, 저는 괜찮습니다."

"……?"

인규가 바로 대답하자 수현은 그를 쳐다보았다.

"진돗개 하위 팀에서 구르던 저를 데리고 와주신 건 팀장님입니다. 해주신 것에 비해 해드린 게 없는데……."

"야, 네가 그렇게 말하면 우리가 뭐가 되냐?!"

찔린 다른 사람들이 뜨끔해서 외쳤다. 그걸 들은 수현이 피식 웃으면서 손을 저었다.

"그래, 맞는 말이다. 나한테 빚진 거로 생각하지 말고 그냥 현재 상황을 봤을 때 벌 만큼 벌었다 싶으면 빠져도 좋다.

어차피 여기 대부분은 돈 때문에 시작한 일이잖아?"

"팀장님은 괜찮으십니까?"

"음……."

수현은 대답을 흐리며 그들을 쳐다보았다. 김창식은 수현이 무슨 말을 고민하는지 눈치채고 말했다.

"그냥 너희들 없이 혼자서 움직여도 사실 별 상관없다고 말하셔도 됩니다."

"상처받을까 봐 말을 돌리고 있었는데, 그게 편하다면 그렇게 해주지. 저 말대로다. 이제 앞으로 있을 탐험은 아마 미개척지나 위험한 곳 위주로 돌아갈 텐데, 내가 사람을 구하지 못해서 힘들지는 않을 거다. 그러니 그냥 쉬고 싶으면 말을 해. 괜히 눈치 보거나 부담 가지지 말고."

"……."

시간이 지나자 차례대로 대답이 나왔다. 빠지는 사람들은 수현의 예상대로였다. 박수용이나 정성재, 김동욱, 거기에 고르간도 2팀으로 가기를 요청했다.

"저희가 각성을 하기는 했지만, 팀장님을 따라가기에는 너무 벅차다고 생각하고 있었습니다. 게다가 이클립스나 블루베어 쪽 초능력자들을 보고 느꼈습니다. 이게 타고난 재능의 차이라고."

"그건 그렇지."

초능력은 결국 재능의 세계였다. 아무리 노력을 해도 격차가 바뀌는 일은 드물었다.

"더 따라가 봤자 짐만 된다면 부끄러울 뿐입니다. 괜찮다면 여기서 쉬고 싶습니다."

"잘 선택했어."

"하지만 팀장님에게 감사하는 마음은 진심입니다. 팀장님이 아니었다면 저희는 캘커타의 그 정글에서 절반이 죽었을 겁니다. 저희의 힘이라도 필요하다면 언제든지 불러주십시오."

박수용과 다른 사람들이 나가자 고르간이 들어왔다. 그도 비슷한 생각이었다. 게다가 고르간은 각성도 하지 못한 상태였으니까.

"그런데 왜 넌 안 나가냐?"

"너무하신 거 아닙니까?!"

강인규는 안 나간다고 말했고, 구중철은 어눌한 말투로 수현을 따라가겠다고 했다. 이쯤이면 거의 예상과 일치했다. 김장식을 제외하고서.

"아니…… 난 사실 이거 말하면 네가 가장 먼저 손들고 나가겠다고 할 줄 알았거든. 돈도 벌 만큼 벌었잖아? 챙겨준 권리증만 해도 네 손자까지 놀고먹어도 될 텐데?"

"빚진 게 있잖습니까."

"그거 내가 신경 쓰지 말라고 하지 않았나?"

"전 신경 쓸 겁니다. 안 그러면 속이 불편해서요."

"따라가기 힘들 거라는 생각은 안 해봤고?"

"그렇기야 하겠지만, 정 안 되면 짐꾼으로라도 일하죠. 짐꾼 하나 정도는 다들 데리고 다니잖습니까? 잘나가는 팀도 말이죠."

"다 로봇 쓰지. 누가 짐꾼 데리고 다니나."

"에이, 그러면 잡일꾼으로라도 일하겠습니다. 데리고 가 주십쇼!"

"하겠다면 누가 말리나. 그러면 계속 있어."

이소희가 나가지 않은 건 수현에게도 바라던 일이었다. 텔레포터는 언제나 구하기 힘든 인재였던 것이다.

"저야 순간이동 능력자가 한 명 더 있으면 편하긴 합니다만, 정말 부담 안 가지고 은퇴하셔도 됩니다."

"괜찮으시다면 더 현장에서 활동하고 싶습니다."

"뭐 더 원하시는 게 있습니까?"

"없습니다. 가능하다면 은퇴하기 전까지 최선을 다해서 일하고 싶습니다."

'이 사람도 보면 꽤나 일 중독자라니까.'

수현은 그렇게 생각하며 고개를 끄덕였다. 그다음으로 들어온 건 곽현태였다.

"넌 왜 들어와?"

"예? 신청받는 거 아니었습니까?"

"넌 아니야. 넌 일한 지 별로 되지도 않았잖아. 십 년은 더 일하고 은퇴한다고 해라. 양심이 있어야지."

"이, 이런 게 어딨……."

수현은 곽현태를 밖으로 걷어차서 쫓아냈다. 대충 정리가 다 되었다.

'흠, 그러면 이제…….'

수현은 연락을 넣었다. 찰스 회장이나 로버트 맥클레인, 잭한테는 물론이고 개발계획국에도. 쓸 만하고 위험에 뛰어들 배짱이 있는 초능력자를 구한다고. 이걸로 딱히 전력 보충을 할 생각은 없었다. 단순히 만약을 대비한, 인원수를 채우는 정도였다.

수현은 아직 그의 이름값을 확실하게 파악하지 못하고 있었던 것이다.

연락을 다 끝내자 조승현이 걱정스러운 표정으로 들어왔다.

"1팀 인원을 진짜 이렇게 줄여도 되는 거냐? 네가 어련히 알아서 했겠지만……."

"걱정 마시죠. 벌써 연락 다 했으니까. 바로 쓸 수 있는 사람으로 두셋 정도는 데리고 올 수 있을 겁니다."

조승현은 걱정해서 손해 봤다고 생각했다.

그러고 보니 저놈은 어마어마한 인맥왕이었지.

"하위 팀에서 쓸 만한 애들 좀 보낼까?"

"거기서 일하고 있었다는 건 결국 비초능력자나 하위 초능력자잖습니까. 괜히 여기 보내서 고생시킬 필요 없습니다. 서로 귀찮아요. 냉정하게 들릴지도 모르겠지만 이제 들여보낼 인원은 전력으로 쓸 수 있는 사람만 받을 겁니다."

"그게 맞는 거지. 새로 데리고 올 사람들은 어떻게 확인할 생각이냐?"

"뭐, 몇 명이나 되겠어요. 그냥 직접 만나보고 확인해 볼 겁니다."

"김수현이 초능력자 몇 명을 구한다는데? 신기하군. 이거, 밖에 새어 나가지 않게 잘 통제해. 흔한 기회가 아니니까."

"그렇습니까?"

회장의 말에 남자는 고개를 갸웃거렸다. 김수현이 대단하기는 했지만 그 밑에서 일하는 게 그렇게 대단해 보이지는 않았던 것이다.

"김수현은 아니라고 시치미를 뚝 떼지만, 내가 보기에 김수현한테는 뭔가 있어. 초능력자를 성장시키는 그런…… 아니면 어떻게 여기 인원 대부분이 각성하고, 김창식 같은 초능력자가 또 나오겠어? 우연치고는 너무 수상하지. 저번에 나 찾아왔던 초능력자들 있지? 그놈들한테 연락해 보라고."

"어, 밑에서 일하는 걸 받아들일까요?"

"싫으면 자기들 손해지. 어디서 건방지게……."

회장이 날카롭게 말하자 남자는 급히 고개를 숙였다.

"그놈들한테 똑바로 전해. 넣어주는 게 아니라, 너희들을 생각해서 테스트받을 기회 주는 거라고. 너희 말고도 사람 많으니까 싫으면 가서 건방 떨지 말고 꺼지라고 전해. 만약 김수현한테 가서 건방 떨면 내가 인생을 매우 X같이 만들어주지."

"알겠습니다. 그렇게 전하겠습니다."

하지만 언제나 비밀은 잘 지켜지는 법이 없었다. 게다가 찰스 회장한테만 말한 게 아닌 상황에서는 더더욱.

to be continued

# 강화학개론

**빈형 게임 판타지 장편소설**

[+15 조보자용 하급 단검 강화를
성공했습니다!]

사고와 함께 찾아온 특별한 능력.
남들이 메인 시나리오 퀘스트를 쫓을 때
한시민은 강화 명당을 찾는다!
가상현실 게임 '판타스틱 월드'에서의 강화를 위한 모험!

"아, 빌어먹을. 9강부터 이 X랄이네."

그 유쾌하고 통쾌한 이야기가 시작된다!

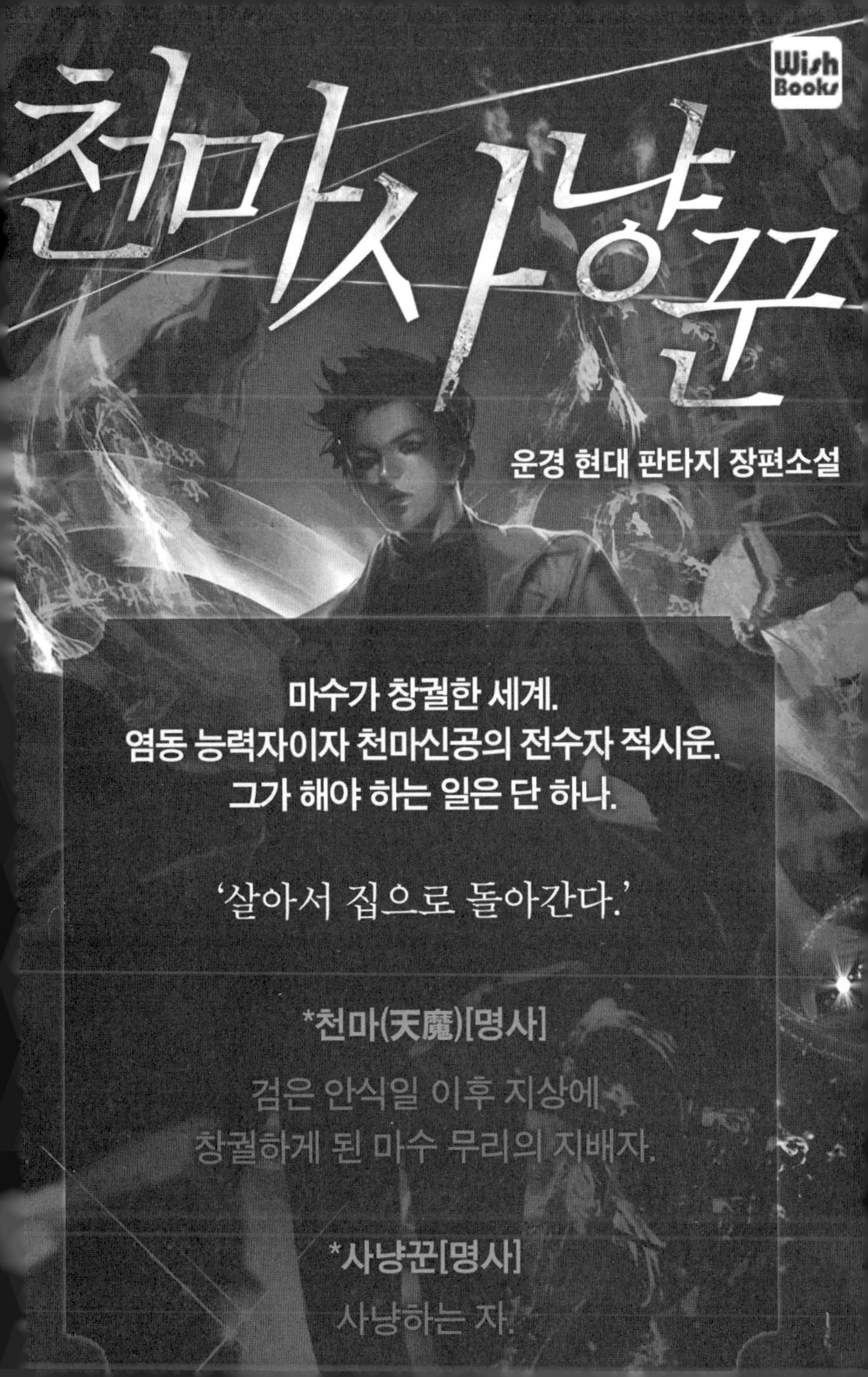
Wish Books
천마사냥꾼
운경 현대 판타지 장편소설
마수가 창궐한 세계.
염동 능력자이자 천마신공의 전수자 적시운.
그가 해야 하는 일은 단 하나.
'살아서 집으로 돌아간다.'
*천마(天魔)[명사]
검은 안식일 이후 지상에
창궐하게 된 마수 무리의 지배자.
*사냥꾼[명사]
사냥하는 자.

# 8클래스 마법사의 회귀

인류 최초의 8클래스 마법사 이안 페이지.
배신 끝에 30년 전으로 돌아오다.

설령 세상이 무너지는 한이 있더라도.
상상을 초월한 적이 눈앞에 나타나더라도.
지키고픈 이들을 반드시 지켜낼 수 있는 힘.

'그 힘이 적당할 필요는 없어.'

소중한 이들을 지키기 위한,
8클래스 이안 페이지의 일대기!